Le Jeune Homme à la mule

DU MÊME AUTEUR

Fictions et « romans minuscules »

N. N., ou l'Amour caché, Grasset, 1989.

Une baignoire à l'Opéra-Comique, Obsidiane, Paris, 1990.

Le Sentiment du fer, Grasset, Paris, 1994.

Histoire d'une ascension, Le Temps qu'il fait, Cognac, 1996.

Mes anges (ou Comment j'ai écrit à Sophie Marceau), Librairie Tschann, Paris, 1996.

Napoléon promenade, Le Rocher, Paris, 2007.

Jardin funeste, éditions. ARCADÈS AMBO, Paris-Nice, 2013.

La Destruction de Nice, éditions Pierre-Guillaume de Roux, Paris, 2016.

Essais et voyages

« Langue mortelle ». Études sur le premier romantisme italien) (Alfieri, Foscolo, Leopardi), préface de J. Starobinski, L'Alphée, Paris, 1987.

Trois guerriers plus un, Le Temps qu'il fait, Cognac, 1993.

Verdi. La vie, le mélodrame, Grasset, Paris, 2001 ; éditions Pierre-Guillaume de Roux, Paris : à paraître en 2020.

Italie obscure, Belin, Paris, 2001.

Les Larmes du traducteur (Journal du Maroc), Grasset, Paris, 2001.

Voyage dans l'Orient prochain, La Bibliothèque, Paris, 2004.

De la dignité de l'islam, Bayard, Paris, 2011 ; éditions ARCADÈS AMBO, Paris-Nice, 2015.

L'Invention de l'islam. Enquête historique sur les origines, Perrin, Paris, 2012.

(Suite en fin de volume, p. 215)

Michel Orcel

Le Jeune Homme à la mule

Roman

Pierre-Guillaume de Roux

41, rue de Richelieu – 75001 Paris
www.pgderoux.fr

Pour tout bonheur Dominique a une petite lorgnette d'un pouce de diamètre ouvrant dans un monde sublime.

H.B.

I

Où l'on découvre un jeune homme sur sa mule dans les sentiers du comté de Nice

Ce jour de la fin février 1790, un soleil falot mais presque printanier se levait sur les terres provençales de Sa Majesté sarde. Malgré les troubles de la France, dont la frontière était si proche, le pays était paisible. Quarante-deux ans plus tôt, les troupes franco-espagnoles (les *Gallispans*, comme les appelait la population fatiguée de leurs exactions) avaient définitivement repassé le Var. Sous les yeux obliques et le sourire vague qu'on voit aux portraits de cette dynastie, Charles-Emmanuel III et Victor-Amédée son fils avaient fort bien combiné le centralisme et le souci paternel de leurs sujets. Entre autres grandes réformes, le dernier de ces princes s'était enfin décidé à rendre tout à fait carrossable la route qui menait de Nice à Turin par le col de Tende. Sous la direction de l'architecte Cappellini, forçats, civils et soldats du génie avaient accompli une œuvre vraiment inouïe, jetant au-dessus des gouffres de la Roya et jusqu'aux Alpes une chaussée destinée au trafic des véhicules de charge. Entreprise héroïque – mais, hélas, unique. Du Var aux frontières de la République génoise, de la rivière de Nice aux confins enneigés du Mercantour, ce n'était guère qu'un tissu de chemins muletiers et de sentes que ne pouvait emprunter presque aucune voiture.

Au moment dont on parle, le soleil s'est donc levé entre les montagnes, du côté de l'Italie. Sous le ciel qui se met à briller, les cimes exposées au levant se peignent d'un délicat jaune de Naples. Perché quelque part sur un petit sommet, le dos tourné à la mer, le dieu narrateur, muni de la lunette dont il est question dans l'épigraphe de ce livre, observe les pentes bleues ou noires que lentement le jour dévore. Là-haut, il fait frais, très frais. Et c'est autant le tremblement des mains que la curiosité qui impriment à l'instrument des saccades imprévues. D'une cime hérissée, l'objectif est descendu vers une longue crête qui domine un nid d'aigle fortifié, et a glissé vers un autre village, aggloméré près de la rivière celui-là, puis (par l'effet d'une crampe, peut-être) est brusquement remonté vers un bosquet de chênes si ronds, si touffus, qu'on les dirait brossés sur une toile de théâtre. Maintenant la lunette est immobile, attentive, comme intriguée. À travers la lune grisâtre de la lentille, on voit en effet se dessiner, sur un sentier, deux ou trois formes incertaines, mais qui déjà se précisent. Et, d'un coup, ce qui saute aux yeux, c'est une mule. Une mule blanche, immaculée (ou peu s'en faut, car elle a les pattes crottées). Une belle mule harnachée, pomponnée, et même ornée à l'oreille gauche de deux modestes mais tintinnabulants grelots d'argent. La mule est arrêtée. Son cavalier, un tout jeune homme aux bottes poussiéreuses, s'est dressé sur ses étriers (ce qui ne manque pas d'être piquant, car la jolie mule est plutôt petite) pour tenter de percevoir ce qui a provoqué l'arrêt intempestif de sa monture. À côté de ce drôle de petit centaure, mais à pied, un valet un peu ahuri, les bras ballants, attend que les événements se remettent en marche. La mule répond au nom d'Hermine, évidemment; le valet, c'est Pascalin; et notre héros se nomme Jouan Francès, ou Jean François, ou Gio' Francesco, comme on voudra, l'histoire qu'on va lire se déroulant dans un monde en proie à un trilinguisme quelque peu fantastique, où l'usage officiel de l'italien et la pratique locale du français se mêlent au provençal.

Cependant que le soleil, à travers les yeuses, commençait à oceller le chemin de petites lumières grosses comme des mouches, Jouan (son père l'appelant ainsi, nous suivrons cet usage) retomba sur sa selle. Ayant renoncé à comprendre pourquoi la docile Hermine s'était arrêtée dans sa marche, l'occasion lui parut bonne pour apaiser la faim qui lui caressait déplaisamment le ventre depuis un moment. Quand ils avaient quitté le village, la nuit, encore amassée dans la vallée, se déprenait à peine des ruines du château haut ; l'autre, plus au sud, était encore enveloppé de brumes blanchâtres. Quelques agneaux bêlaient vers leur mère ; un nourrisson pleurait ; un coq chanta. À cette heure, il n'y avait guère que le vicaire et l'aubergiste pour tenir déjà leurs lampes allumées. Le consul et le bailli dormaient sur leurs deux oreilles. Dans l'obscurité, Jouan (qui avait préparé son portemanteau depuis la veille) avait déposé un baiser sur le front de son père et, pressant Pascalin, s'était mis en route. Il sauta donc à terre, s'étira, fit quelques pas sur la sente, et s'assit enfin sur un petit tapis de bruyère, sous un bouquet de chênes verts. La mule esquissa quelques mouvements en secouant deux ou trois fois sa tête aux grands yeux de velours, et le valet sortit de sa besace de quoi restaurer son maître. Une bonne tranche de pain bis, une poignée de figues sèches, une fiasque de vin. Après un hiver venteux et glacé, où le gel avait tué des oliviers et où les pauvres avaient manqué de pain, ce début d'année s'annonçait plus clément.

Chacun de nous, un jour ou l'autre, a éprouvé la sensation que deux ou même plusieurs âmes se partagent le gouvernement de notre personne. C'est ainsi qu'en voulant jouir, sur la bruyère, de la première tiédeur qui s'insinuait à travers les branches, Jouan, qui retirait sa houppelande pour la jeter sur le sol, se rendit compte que l'arrêt de sa mule et ce qui s'en était suivi n'avaient pas interrompu la légère mais entêtante douleur de la piqûre qu'un insecte lui avait infligée quelques instants plus tôt au-dessus du sein gauche, alors qu'il venait de dégrafer sa chemise de grosse toile, non plus qu'un petit refrain qui lui tournait dans la tête. Deux vers italiens qui disaient : « *Picciola è l'ape e fa col picciol morso / pur gravi e pur moleste le ferite* », ce qu'on peut traduire par : « Petite est l'abeille, mais sa petite piqûre / fait de graves et cuisantes blessures… » La suite, Jouan ne s'en souvenait plus. Le maître d'école avait eu beau lui taper sur les doigts quand il était enfant, il avait assez bien avalé la grammaire de Veneroni, mais vite oublié les tirades du Tasse ou de l'Arioste que lui et ses camarades étaient censés apprendre par cœur, car, disait le maître d'école en redressant sa petite taille, « ces poètes vous formeront au bon goût et au langage de nos rois », ce qui n'était vrai qu'à moitié, car à la cour on parlait plutôt le français voire le patois piémontais…

Cependant Pascalin, qui, mâchonnant des fèves à quelques pas, avait suivi les gestes de Jouan, se leva d'un bond, arracha sur le talus deux ou trois feuilles de mélisse et de plantain, et, les écrasant dans les battoirs de ses paumes, vint en frotter la poitrine de son maître. Jouan se laissa faire. L'odeur de la mélisse lui montait aux narines par petites vagues douceâtres et citronnées. Il regarda la minuscule plaie, perdue au milieu des poils ; l'irritation s'estompait. Hélas, le jus verdâtre des simples avait maculé le rabat de sa chemise, et quoiqu'il en eût une autre, blanche et fine, dans son portemanteau (il comptait ne la passer que pour se présenter au bailli de Sospel), il éprouva une sorte d'agacement pour la prévention maladroite de son valet.

Enfin on se remit en route. Maintenant la lumière grésillait sur la cime des bois lointains et les montagnes d'Italie semblaient plus scintillantes encore. Des théories de moucherons enivrés flottaient de temps à autre au-dessus du sentier. Jouan, lâchant la bride sur le cou de la mule, ouvrit sa jaquette, lissa d'un revers de main sa petite moustache, s'étira, et ferma les yeux avec bonheur. Il les rouvrit sous le fouet d'une branche. « Maudits chemins ! » pensa-t-il. Trop souvent les sentiers ne mesuraient pas deux mètres de large. Les murets s'effondraient sous les pluies, et plus d'un paysan s'était retrouvé sur le cul en croyant poser le pied sur la terre ferme. Bienheureux encore quand les ronces ne venaient pas vous lacérer le visage à quelque tournant. Sur un mot de son maître, Pascalin prit la tête pour ouvrir un passage. Dévoué corps et âme, à demi muet, il n'avait pas son pareil pour accomplir les missions les plus discrètes. Que de fois n'avait-il protégé les amours de Jouan avec Nanette, la fille du chirurgien. Entre la surveillance du père (un brave mais rude homme, qui maniait fort bien la lancette) et l'amour apeuré de la jeune fille, une patience pleine de ruse avait été nécessaire. M. le Vicaire, sans doute, n'était pas de ces curés aux sermons enflammés qui adressaient à leur évêque des rapports détaillés sur le comportement licencieux de la jeunesse. Il n'empêche, les paysannes un peu plus mûres étaient moins farouches. Il fallait seulement s'adapter aux saisons et aux circonstances : la cueillette des olives, par exemple, était moins favorable aux invites furtives, aux disparitions, que les vendanges ou la cueillette aux champignons. Bref, certaines filles un peu délurées avaient permis à Jouan de se livrer, avec plus d'émois et de finesse, à la lente conquête de Nanette. N'allez pas croire pour autant que notre héros fût un Lovelace. Simplement il faisait ses premières armes. Dans le pays, la puberté peu précoce des garçons, unie au règne aimable mais puissant de l'Église, rendait l'amour plus tardif, et plus périlleux. Nanette, il l'avait enfin séduite quelques mois plus tôt, dans le séchoir à figues, sous le toit, un jour que les flots tièdes d'un soleil de midi baignaient les cinq baies à plein cintre ouvertes sur le sud. Il ne l'avait pas déflorée, et, bien qu'un peu déçue sans doute, la jeune fille en avait été émue et s'était serrée plus tendrement contre lui. Il se rappelait ses cheveux clairs (une rareté qui avait aiguisé son désir), ses yeux, ses lèvres gonflées, son petit ventre blanc et tous les signes d'un désir qu'il avait eu bien du mal à ne pas satisfaire… Mais déjà tout s'effaçait. L'air vif et violet qui circulait sous les pins lui picotait le sang ; les branches craquaient sous les pas de Pascalin ; Hermine levait la tête, comme excitée par l'odeur de la sarriette et du thym qui montait par bouffées.

Il s'agissait d'incliner sans brusquerie vers la rivière et, suivant son cours, de rejoindre le gué de Saint-Martin. Jouan pestait contre le détour. « J'ai bien fait de ne pas remonter jusqu'à Sainte-Pétronille et Villars, pensait-il, mais si le roi ne s'était pas obstiné jadis dans son refus d'ouvrir une route de Nice à Puget, j'aurais pu lancer au galop le vieux Grimaud et gagner une dizaine d'heures. » La mémoire paysanne est une grande chose. Deux ou trois cents ans plus tôt, un Grimaldi, baron de Bueil, avait voulu s'emparer de la vallée. Le seigneur des Ferres et les villageois lui avaient fait rendre gorge ; mais le souvenir de l'insolent baron était resté dans les mémoires, et on ne manquait pas de traiter de *grimaud* [diable, en provençal] toute mauvaise tête. En vérité, Grimaud le cheval n'avait rien d'un diable, hormis la robe un peu noire ; et notre héros n'avait, quant à lui, aucune raison de se presser, sinon l'envie qui le démangeait de se sentir fouetté par le vent de la course. Il donna un petit coup sec sur la bride, pour rassurer sa mule qui s'engageait gauchement dans la descente, et bientôt on fut en vue du torrent. L'eau, grossie par la fonte des neiges, crépitait sur les berges caillouteuses ; on voyait flotter dans l'air comme une buée rose. « Beau temps pour le poisson », se dit-il. Et, l'espace d'un instant, il regretta de n'être pas à Fontgaillarde, où son père avait des viviers, les manches retroussées, les bras tétanisés dans l'eau noire, toute l'âme tapie au bout des doigts, dans l'attente du contact délicieusement visqueux d'un ventre de truite ou de perche. Mais déjà Pascalin, sans avoir l'air d'y toucher (peut-être Jouan n'eut-il cette impression que parce qu'il ne cessait de rêvasser, confiant dans la toute-puissance de son valet), Pascalin, dis-je, montrait du doigt le pont de la Cerise : une petite arche aux dalles noires comme des ardoises jetée plusieurs mètres au-dessus de l'eau, où l'on passait sans danger. Jouan s'engagea entre les deux bornes de pierre en poussant Hermine, qui faisait la délicate, à petits coups de bottes. De l'autre côté, le gros cerisier, déjà tout en feuille, auquel la passerelle devait son nom bougeait dans la brise : on aurait dit une voûte mouvante, une mosaïque d'un vert pur traversée d'éclairs. Et puis ce fut le silence. Il avait suffi de passer une sorte de gros éperon rocheux, tout chevelu de genêts (Jouan pensa qu'on n'était pas près de les voir fleurir), pour que le bruit de la rivière s'évanouisse comme par enchantement.

Le paysage avait changé. Alors que notre petite caravane descendait vers le sud, les hauteurs prenaient des dimensions formidables. Et quand Jouan vit très loin, à main gauche, la forteresse de Gilette dressée, comme dans un écu, sur la masse sombre du mont Vial, et à droite la minuscule chapelle Sainte-Marguerite plantée sur une colline, une nouvelle rumeur commença de se faire entendre. C'était le Var, encore invisible, qui, soudainement accru par les flots printaniers du torrent, roulait ses grosses eaux boueuses en contrebas. Jouan eut l'impression de passer entre deux mondes. Et, de fait, quand ils parvinrent à Saint-Martin, dont les maisons s'étendaient dans la plaine comme de vieux linges dans un pré, les gueyeurs, pour le prix de six sols de France, remontèrent leurs caleçons, et, l'un prenant le jeune homme sur ses épaules, l'autre tirant la mule (Pascalin suivant, indifférent à l'eau glacée qui bleuissait ses jambes maigres), ils passèrent l'équipage sur l'autre rive…

II

Comment on devient postier en fabriquant des chapeaux

Castellane en Provence (donc en France) était à deux heures de la frontière. Ce n'était pas grand-chose que Castellane, mais dans cette sorte de désert de montagnes qu'est le pays du Verdon, dans cet évêché de Glandèves qui était le plus crotté de tous les évêchés crottés de France, avec ses deux mille habitants, ses trois consuls, ses trois intendants de police, son procureur du roi, son clergé, ses chirurgiens, son médecin (l'illustre Jean-Antoine Poilroux), ses fabriques, ses foires et ses multiples privilèges, Castellane, à l'ombre de son rocher, se drapait dans sa grandeur. À l'époque, la ville comptait six chapeliers ; mais le meilleur, qui tenait boutique rue du Mitan, à deux pas de la Fontaine-aux-lions, se nommait Giletta. Il était fils d'un soldat piémontais qui avait débarqué en 1746 dans les troupes du marquis d'Ormea, lequel venait d'envahir la province. Les Austro-Sardes n'avaient pas tenu trois semaines devant la contre-offensive du marquis de Maulévrier; mais, par une circonstance extraordinaire, Ardoino Giletta (le père), qui n'avait pu s'extraire d'une cave où il gisait, la joue balafrée et la jambe droite à demi démolie par une mousquetade française, avait été recueilli, caché, soigné par les Collomp, famille notable de la ville et braves chrétiens qui trouvèrent normal de sauver et d'héberger un *ennemi* au moment même où ils chantaient le *Te Deum* en acclamant les troupes françaises qui venaient de reprendre la ville. – Du reste, ces sentiments extrêmes et contradictoires n'étaient pas rares en ces temps plus vigoureux que les nôtres. Quand les Austro-Sardes avaient pris la ville, l'évêque de Senez, dont le siège était à Castellane, s'avançant vers le général piémontais, l'avait si bien harangué que soldats et officiers – tout paillards et sans pitié qu'ils fussent – étaient tombés à genoux, et, demandant la bénédiction du prélat, avaient promis de ne se livrer à aucun viol ni saccage.

Bref, le bel Ardoino Giletta, traité aux petits oignons par la famille Collomp et tout spécialement par Manon, jolie enfant de quinze ans qui trouvait le Piémontais tout à fait à son goût, finit par rester; et, la paix revenue, à s'installer. Ardoino devint Hardouin; il apprit la chapellerie, épousa Manon, lui fit des enfants, et, le moment venu, le père de sa femme étant mort, il reprit le commerce. Quarante ans plus tard, son fils lui succédait. Il venait d'épouser Marie-Antoinette Collomp (une cousine de Jouan, notre héros), d'une autre branche de la même famille, dont le grand-père maternel était un drapier de Grasse.

C'est là où le narrateur voulait en venir.

Car comment arrivent les lettres de France dans le Comté ? Par la mer, bien sûr : par Antibes, à l'ouest, et, à l'est, par Monaco, où stationne un détachement de chasseurs royaux ; mais, dans l'arrière-pays, c'est par Grasse et Castellane que parviennent les nouvelles de France. Or, pour le pays de Jouan, ce jeune homme dont on a fait connaissance dans le premier chapitre, si Grasse est plus proche à vol d'oiseau, les humains étant dépourvus d'ailes (même dans ces régions si proches du ciel), c'est par Castellane et Soleilhas qu'on perçoit d'abord les émeutes paysannes du printemps 89, puis le bruit des harangues parisiennes, le fracas des tambours, l'écho des premiers massacres qui secouent le royaume de France.

Au vrai, même en Provence, les choses avaient commencé à bouger dès l'année 88. Le bon roi Louis XVI n'y était pour rien, mais l'hiver avait été dur, le blé avait brusquement enchéri, la réunion des États provinciaux avait excité la question des privilèges ; des émeutes avaient éclaté. Dans les ports, les villes surtout (Marseille, Toulon, Aix, Arles), dans les bourgades (Sisteron, où la foule avait bombardé l'évêque à coups de boules de neige), et parfois même dans les villages. À Soleilhas, justement, un certain Pierre Chabaud, ménager de son état, mène une sorte de révolte contre le lieutenant-juge du lieu : il a beau le menacer de mort, et régner quelques jours sur le village, il n'en périt pas moins lui-même, lynché peut-être, dans des circonstances peu claires. La frontière entre Provence et Comté était perméable, mais les deux pays différaient en bien des points. Ce n'était pas question de race, de langage ou de mœurs, mais d'histoire, tout simplement. Le Comté, attaché à son roi et à ses prêtres, s'était accommodé depuis longtemps de sa noblesse, d'ailleurs souvent issue du presque peuple et dépourvue de privilèges depuis l'édit de 1763, promulgué par Charles-Emmanuel III, qui abolissait les institutions féodales. Des titres gros comme le bras, mais pas d'histoires, telle semblait être la philosophie de Turin. Il restait bien sept ou huit communes où le seigneur conservait ses droits, mais, quand il en abusait, peuple et bourgeois résistaient à coups de procès et tout finissait par s'arranger. Le comte Caÿs de Gilette, par exemple, avait beau s'accrocher à quelques privilèges (et le moindre n'était pas la taxe qu'il prélevait sur le passage du Var), le bonhomme avait quitté son château médiéval depuis beau temps et s'était installé dans une demeure de la grand-rue, à peine plus cossue que les autres. Certes, il était sénateur, et quand il passait sa toge parée d'hermine et son mortier pour quelque sentence extraordinaire à Nice, il avait grande allure. Mais, quand il y croisait dans la rue Me Alexandre Scoffier, le gentilhomme passait le bras sous celui de son notaire, et tous deux s'en allaient siroter de concert un petit verre dans une vigne que le comte affectionnait, un peu au-dessous du colombier qui décore aujourd'hui encore le vallon qui dégringole sous le château.

Mais revenons à nos moutons.

À Grasse, on n'avait point connu les émeutes dont on parlait plus haut, et le socle commun au peuple et aux magistrats municipaux (issus de la grande bourgeoisie ou de la noblesse) avait tenu bon. Les consuls avaient emprunté et même entamé le capital communal pour faire baisser le prix du pain blanc et rassasier les pauvres. Le 15 janvier 1789, M. Mougins de Roquefort, maire et viguier de la ville, prononçait un discours sensationnel où le sincère enthousiasme pour la Révolution en marche et la défense du Tiers-État s'accompagnaient d'un éloge merveilleux de la monarchie :

« Cette *Révolution* est l'ouvrage du temps, qui met enfin un terme à l'ambition et à l'injustice ; il est encore celui de la bienfaisance d'un monarque adoré [notez *adoré*], qui en marchant sur les traces de l'immortel Henri IV [notez *immortel*], en suivant ses heureuses intentions, nous appelle à lui pour rétablir dans l'exercice de ses droits un *Ordre* [le Tiers] que son illustre aïeul appelait le nerf et l'appui de l'État. »

Il n'empêche. Des spéculateurs ayant agioté sur le grain, d'un seul coup, à l'été, la situation se détériora et, pendant qu'on poussait habilement la populace en colère à chercher les « accapareurs » dans les campagnes, la municipalité se hâtait de créer une garde bourgeoise qui la protégerait des misérables. La vue de cette milice imprévue et solidement armée suffit à calmer les paysans et ouvriers. Puis vint la « Grande Peur », qui toucha Castellane à la fin juillet et Grasse deux ou trois jours après. On ne sait comment (mais sans doute l'événement ne fut-il pas spontané) la rumeur courut soudain que des bandes contre-révolutionnaires, des milliers de *barbets* manœuvrés par les aristocrates, allaient ruiner les premières victoires de la Révolution et plonger le peuple dans la misère. Mais cette vaste fumisterie, qui avait sérieusement ébranlé le Dauphiné et la Provence, échoua devant le bon sens des Grassois. On avait échappé, une dernière fois, aux émeutes et aux *châtiments* expéditifs. C'est alors – au moment même où débute cette histoire – que fut votée la dissolution des anciennes formes communales, que suivit la création de départements, de districts, de cantons… Il ne manquait plus à ce tableau désolant que la constitution civile du clergé.

Voilà ce qu'on apprenait de jour en jour au village de Jouan, ou plutôt de M. Dauthier, son père, qui sut même en deux jours le nom du *maire* nouvellement élu de Castellane, M. Balthazar Lieutaud, avocat au Parlement d'Aix. Comme les postes royales (tant françaises que sardes) n'existaient pas encore dans ces bourgades, et que les courriers municipaux n'étaient pas si fréquents, on chargeait toujours quelque ami, quelque parent, une connaissance même, voire un passant, un marchand, un pèlerin, de livrer les petites missives cachetées à la cire d'Espagne ou à la cire noire, qui faisaient, de ces montagnes secrètes et apparemment coupées du monde, un réseau de minuscules postes privées. Le bouche-à-oreille fonctionnait aussi à merveille. Et c'est ainsi qu'à Castellane Mme Giletta, qui, comme on l'a dit, était née Marie-Antoinette Collomp (prénom fâcheux, déjà, mais qu'avec beaucoup de dignité elle se refusa toujours à changer), recevait de Grasse les nouvelles que son mari, à son tour, savait confier à la personne adéquate. On distinguait alors trois métiers dans la corporation des chapeliers : les bastisseurs foulaient le feutre, les dresseurs dressaient la forme (calottes et bords) ; et les garnisseurs cousaient rubans, ganses, cocardes et autres broderies. Maître Giletta fils, dont l'atelier surplombait la boutique, était dresseur ; il avait ses fournisseurs pour le feutre et ses cousettes pour garnir. Il n'avait pas la prestance militaire de son père, il était même un peu bedonnant pour son âge, mais rond de manières, aimable avec les dames, rose et frisé comme un bourgeois, et, sous son air bonhomme, il n'avait pas son pareil pour distinguer le voyageur honnête, repérer la crapule, distinguer l'émigré (car il commençait d'en arriver), et glisser dans la doublure d'un tricorne le petit pli cacheté qu'on lui avait confié. Castellane bougeait, Castellane s'émouvait,

Castellane faisait tant bien que mal ses comptes avec l'ancien régime, dont elle n'avait pas vraiment à se plaindre. Qu'allait-il advenir de ses privilèges, de ses libertés, si durement acquises contre les barons ? Qui défendrait désormais ses franchises sur le sel ou le drap, ses exemptions en matière juridique, ses droits face au pouvoir de réquisition militaire ? Tout le monde n'était pas dupe de cette frénésie de *liberté*, et certains, qui seraient passés pour des imbéciles aux yeux des avocats et autres petits clercs qui détruisaient allègrement l'ordre ancien en comptant bien prendre la place de la noblesse, se doutaient que le pire était peut-être à venir. Vingt ans plus tard, quand l'Empereur, dont on attendait tant après qu'il eut stoppé la licence générale, eut tué quelques millions de jeunes gens de toutes les provinces de la France, sans compter ceux des royaumes inféodés d'Europe, on se rendit compte, *mais un peu tard*, qu'ils n'avaient pas eu tort.

Parmi ceux-là, bien sûr, se trouvait M. Giletta. En apparence il faisait preuve de *patriotisme* ; ses démonstrations étaient modérées, et en cela même il faisait preuve de finesse, car on eût été bien étonné de voir un Me Giletta emporté, débraillé, excessif. Patriote, du reste, il l'était sincèrement, mais pas tout à fait au sens où l'entendaient les idéologues de la Constituante et les avocaillons provençaux qui *se lançaient dans la politique*. Quand les prêtres durent prêter serment, il cessa de fréquenter l'église paroissiale et alla entendre la messe au petit jour chez les Augustins. Cela dit, toujours habile, on le vit un jour, à quelque assemblée populaire, arborer à son beau tricorne une cocarde discrète, bien sûr, mais décidément tricolore. Comment aurait-on pu croire que le chapelier si prévenant, si proche du peuple, servait de boîte aux lettres entre la Provence et le Comté ? Et qu'il commençait à assister de ses soins quelques bons prêtres ou nobles provençaux qui se sentaient brusquement le besoin d'aller respirer l'air d'Italie ? L'idée lui en vint le jour où, devant lui, l'un de ses chalands lui raconta le martyre de M. Raynard, archidiacre et vicaire général de Senez, âgé de 77 ans, qui, refusant de prêter le serment constitutionnel, s'était enfui avec deux chanoines vers Puget-Théniers. Arrêtés dans la montagne, les trois prêtres furent conduits à Entrevaux [en France], où le peuple et les soldats les rouèrent de coups en les insultant de la manière la plus infâme, et finirent par précipiter le digne ecclésiastique dans les gorges du Var. Les deux jambes et la nuque brisée, couvert de sang, l'archidiacre eut juste le temps de dire à ses tortionnaires : « Je vous pardonne les maux que vous me faites souffrir »... Ce jour-là, Giletta, étouffant ses larmes, se jura d'aider son prochain, fût-il un *ennemi de la patrie*. Se rappela-t-il que son père avait été sauvé de la sorte par les Collomp ? Nous n'en savons rien, mais il se mit à l'œuvre. Et, cheville ouvrière d'un véritable service secret des postes, il disposa son réseau pour tenir sa promesse. Le narrateur se gardera bien de dresser la liste des hommes et femmes, plus ou moins obscurs, plus ou moins illustres, que sauva Giletta. Rappelons tout de même que c'est lui qui, par Caille et Saint-Auban, fit passer en Italie le bon abbé Saurin, vicaire général du diocèse de Fréjus, ce saint homme qu'on appelait une « bibliothèque vivante », et, un peu plus tard, le chevalier Esprit de Bovis, qui lui avait été recommandé par un de ses cousins, maître de musique à Lorgues.

III

Où l'on fait connaissance avec un drôle de chanoine. – Une académie littéraire dans les montagnes

Jouan arriva le lendemain à Sospel. Mais, à ce point, il faut avouer que le narrateur saute allègrement les étapes, car la frontière du Var ne marquait aucun changement dans la voirie du comté. À peine si le paysage était moins escarpé, plus commode même ici ou là que de l'autre côté du fleuve. Des pins onduleux, des bancs de roche tendre et de marnes bleues s'étalaient jusqu'au ciel. Il était cinq heures passé. Le jour glissait derrière la montagne avec de brusques éclats de pourpre. Des bois violacés semblait sourdre une rumeur langoureuse qui allait mourir sur les dalles où s'appuyaient quelques pauvres hameaux. Au détour d'une petite futaie noire agitée par le vent, Jouan avisa contre une colline une grosse ferme assez délabrée. On pouvait toujours y demander l'hospitalité. Il fit un signe à Pascalin et, du talon, poussa sa mule dans la cour. Une vieille femme ficelée dans une jupe bleue jetait à quelques poules des épluchures, des cosses de fèves et débris de carottes. « M. le comte est dedans », lui répondit-elle avec un air las, en désignant la porte. Jouan crut avoir mal compris. Il sauta à terre et entra. La cheminée, où des châtaignes rôtissaient dans une poêle, éclairait à peine une grande cuisine, mais assez misérable. Près du foyer, un homme aux cheveux blancs s'employait à réparer la boucle d'une chaussure. Sur le mur, Jouan vit pendues deux rapières, non loin d'un grand portrait noirci où l'on devinait un collier de barbe sur une fraise et, dans le coin, un écu couronné. « Serait-il vraiment comte ? » se dit-il en saluant le bonhomme, qui relevait la tête. Et, tournant une phrase un peu plus soignée qu'il ne l'avait prévu, il demanda si, d'aventure, ils pourraient, lui et son valet, passer la nuit à la ferme. « Je suis le comte Revelli », lui répondit avec affabilité le vieillard, qui avait saisi l'embarras du jeune homme. « Comme vous le voyez, le moins qu'on puisse dire est que je ne roule pas sur l'or, mais je n'ai jamais refusé l'hospitalité à quiconque. Si ce toit vous suffit, soyez le bienvenu. » Jouan tourna un petit compliment sur la gracieuseté de son hôte et se présenta à son tour. « Venez, lui dit ce dernier, nous parlerons de vous tout à l'heure. Mon fils est à peine plus âgé que vous. Je vais vous montrer votre chambre. Vous pourrez y déballer votre portemanteau. »

On envoya Pascalin à l'écurie.

Comme ils redescendaient dans la cuisine, ils virent, à travers l'embrasure de la porte, un homme jeune, et d'assez jolie figure malgré ses vêtements crottés, qui passait dans la cour. « Chevalier, lui cria le comte, as-tu donné à manger aux cochons ?... »

Malgré la chère fort maigre du souper et la paillasse médiocre qui lui tenait lieu de lit, Jouan dormit avec bonheur. « Comme au Paradis », se dit-il en entrouvrant les yeux dans l'éclat du jour qui emplissait la chambre. Il faisait froid mais beau ; on entendait caqueter les quatre poules du comte, et une odeur d'oignons frits montait jusqu'à l'étage. Jouan sauta dans la cour pour se rafraîchir à la fontaine. Quand il revint, la vieille lui remit deux plis. « Mon cher ami, lui disait son hôte dans le premier, j'ai cru bon de vous laisser dormir, comme il semblait que vous en eussiez besoin. Je n'aurai pas le plaisir de vous saluer à votre départ : je pars labourer ma vigne. Mais s'il vous est donné de repasser dans les parages, n'hésitez pas à vous arrêter. Et, puisque vous vous rendez à Sospel, vous pourrez joindre aux recommandations de votre père la lettre que j'ai préparée pour M. le baron Ricci. Malgré la différence de nos fortunes, il m'a toujours gardé son amitié. »

Deux heures plus tard, Jouan et Pascalin rejoignaient la route de Turin. Une belle route, en vérité, empierrée, large à souhait, bordée de petits murs bas. Et là-dessus, tout un charroi bigarré, une *brigade* de mulets (probablement un convoi de sel), des paysans, des charrettes, une malle-poste même, comme un gros insecte jaune et noir, qui disparut presque aussitôt dans un nuage de poussière. Derrière ses œillères, Hermine percevait tout et secouait la tête avec nervosité. Un peu plus loin, Jouan reconnut des muletiers piémontais à leurs grandes guêtres, la ceinture rouge, la résille et le chapeau plat. L'un d'eux, dont les cheveux tombaient en boucles sur les tempes comme des favoris, jurait affreusement en faisant claquer son fouet. On passa le Paillon au gros bourg de L'Escarène, où l'on fit halte pour se reposer. L'énormité de l'église Saint-Pierre étonna notre jeune homme. On y sentait déjà Nice, presque Turin… Au relais de poste, où Pascalin et lui mangèrent des côtelettes et une poêlée de fèves, le tout arrosé d'un broc de piquette locale, Jouan put louer pour quelques sols un âne un peu récalcitrant mais bien membré. Pascalin l'enfourcha avec un air béat. Cependant, à mesure qu'on montait vers le col de Braus, le trafic devenait plus lent, plus rare. Un soleil froid faisait scintiller comme un tortil la cime d'une petite falaise. Pour bâtir la route, on avait dû creuser dans des rochers qui, sous le soleil, semblaient verts comme du porphyre : de grandes plaques, cirées de frais, que striait encore la marque des pioches. La végétation était maigre, tout hivernale, et découvrait parfois de ces bancs d'argile que les savants disent *rutilante*. Mais ce qui enchanta Jouan, c'est que, du fait des lacets de plus en plus serrés qui escaladaient la pente, on entendait flotter continûment dans l'air limpide une petite musique aigrelette et triste. C'était les grelots des caravanes. Au sommet du col, on longea les ruines d'une grande bâtisse qui avait autrefois servi d'auberge : c'étaient des vestiges de la dernière guerre franco-sarde. Et puis la route devint plus aisée. Il y eut une descente au milieu des pins et des aroles, un autre petit col, et brusquement, au fond d'une ample vallée qui semblait contenir au loin tout un tumulte de montagnes, Jouan aperçut la cité de Sospel.

Il s'arrêta dans la seule hôtellerie où puissent descendre bourgeois et gens de qualité. Il n'était guère en fonds, mais les autres auberges n'étaient bonnes qu'aux rouliers et muletiers. Notre jeune campagnard n'était pas délicat ; combien de fois n'avait-il pas dormi à la belle étoile, sur les prés ou dans les bois ! Mais il était, si l'on ose dire, en voyage d'affaires et merveilleusement seul. Délégué par son père, mais maître de lui et, presque, de sa destinée. Il n'hésita donc pas. Sa chambre, proprement chaulée, donnait sur une courette, une fuite désordonnée de toits, au loin les pentes noires, à peine tachées de neige, du Mangiabò. En se jetant sur son lit, il sentit bourdonner dans sa tête une sorte de joie enfantine. Il était à la fois moulu et excité. Avec ses sept ou huit mille âmes, son collège royal, ses écoles de droit et de médecine, sa cathédrale, son aristocratie, ses quinze ou dix-huit notaires et ses deux foires annuelles, Sospel était une ville en réduction. C'était une petite Nice dans les montagnes. Le bourdonnement qu'il avait dans la tête n'était que l'écho de celui des rues. Sur la basse continue d'un lointain appel de cloches lui parvenaient des roulements de voitures, des cris d'enfants ou de manœuvres, des jacassements, des bruits d'eau et de battoirs, et même le chant acide de quelques violons qui répétaient un menuet.

« Vous voilà bien arrivé, noble jeune homme, lui dit le bailli, auquel Jouan avait remis sa lettre de recommandation. Je m'en réjouis et me mets à votre service. Que votre séjour ici soit gai, loin de toutes les folies de la France, dont vous êtes si proche ! On annonce, du reste, une troupe de comédiens. Nous allons avoir spectacle. Une chance que le carême n'ait pas commencé. Encore quelques jours, et nous faisions maigre ! Et je ne parle pas seulement de la table… » ajouta-t-il avec un petit rire égrillard. « Quant à votre affaire, je n'ai aucun souci ; et si jamais ce paysan qui doit de l'argent à votre père faisait quelque difficulté, je me fais fort de vous éviter une chicane en vous conduisant incontinent devant le juge mage. M. le Préfet est une vieille connaissance. » Jouan remercia et sortit. Il n'était pas mécontent de la brièveté de l'entretien. Le petit rire du bailli lui avait déplu.

Le déplaisir fit place à la surprise lorsqu'il alla remettre la seconde lettre de son père. Le chanoine Alberti le reçut dans un petit salon vert pâle et doré, que ne parvenait pas à attrister le grand Christ d'ivoire cloué sur un velours de Gênes dans un cadre rocaille. C'était un petit homme replet, poudré, parfumé, et d'une exquise politesse. Sous son titre, relativement modeste, le chanoine occultait la vraie puissance que lui valaient à la fois son nom (un des plus anciens et des plus nobles de la ville) et la protection de l'évêque de Vintimille, qui, ne se résolvant pas toujours à venir siéger à Sospel six mois de l'année, comme il y était officiellement tenu (« Quitter mes orangers, disait-il, pour aller prendre un mauvais rhume dans ces montagnes ! »), avait confié son vicariat à Hercule Alberti. Au grand dam du recteur de la cathédrale, qui ne manquait pas une occasion de déployer jalousement beaucoup de faste et de moire dans les cérémonies officielles, comme pour asseoir publiquement une prééminence dont il se savait privé dans les faits. Le chanoine en riait, jouissant bien plus de l'ombre que de l'éclat des chasubles et des encensoirs.

Soit habitude mondaine, soit qu'il ait perfidement voulu le mettre à l'épreuve, il s'adressa à Jouan en italien. Le chanoine roucoulait un toscan très pur. Jouan, qui n'avait pas senti de piège, lui répondit spontanément dans la même langue. « *Per Bacco !* s'exclama l'abbé poudré, mais votre italien n'est pas mal ! Auriez-vous étudié à Nice chez les pères doctrinaires ?

— Hélas, non, dit Jouan. Je n'ai eu pour maîtres que l'instituteur du village et mon père. Je n'ai, pour ainsi dire, jamais quitté la maison.

— Votre père, que je n'ai pas vu depuis des siècles, est un bien digne homme. Je ne comprends toujours pas qu'il soit resté enterré dans son nid gothique. Qu'il n'ait jamais songé à se pousser à Nice ou à acheter quelque baronnie. »

Jouan pensa que, quand bien même il l'aurait voulu, son père n'aurait jamais pu réunir les moyens nécessaires à cette opération.

« Il a tout de même acheté le trentième d'une seigneurie en Provence. Et ma sœur Isabelle a épousé le fils cadet de M. de Sartoux, dit-il avec naïveté, croyant témoigner en quelque manière de l'ascension de sa famille.

— Je ne vous parle pas de votre sœur, répliqua un peu cruellement le chanoine. Mais vous, pour le moins, vous aimez les belles-lettres ? »

Jouan eut un coup de génie.

« Justement, *Révérendissime*, répondit-il, deux vers me sont revenus hier en mémoire sans que je puisse en retrouver l'auteur. Auriez-vous l'obligeance de me donner cette petite leçon ? » Et il cita les deux vers.

— L'*Aminta* du divin Tasse, deuxième acte, scène I.

— Que n'y ai-je pensé ! dit Jouan en rougissant.

— En effet, dit le chanoine. Et ne me donnez plus du *Révérend*, je ne suis guère digne de révérences, ajouta-t-il en souriant. Mais puisque vous voilà parmi nous, et que vous n'êtes pas insensible aux belles-lettres, vous plairait-il de m'accompagner demain à l'assemblée de l'*Accademia degli Occupati*? Vous savez que nous sommes la seule ville du comté à posséder une académie, n'est-ce pas ? À cet égard, les gens de Nice me stupéfient. Il est vrai que, là-bas, pour trouver un libraire, il faut se rompre l'échine à courir la ville. Enfin... Vous avez, n'est-ce pas, une recommandation pour le baron Ricci ? Eh bien, vous le verrez demain. Nous sommes tous deux membres de l'Académie, lui sous le nom de *l'Infecondo* (il en rit lui-même), et moi sous celui de *l'Elevato*, ce qui est très gentil vu ma taille », ajouta-t-il avec assez d'esprit.

Jouan partit émerveillé. « Filez maintenant, lui avait dit le chanoine, je dois étudier les informations qui viennent de m'arriver sur les affaires de France, où l'Église commence à être malmenée. Allez courir les rues et revenez demain à trois heures. »

D'ici peu la nuit allait tomber. Sous le pont de la Loge, la Bevera, dont les berges herbues semblaient ronger le bas des façades, se teintait déjà de reflets obscurs La pierre du pont était bleue, froide, un peu visqueuse. Au couchant, le ciel virait à l'or pâle. Jouan passa devant les arcades du palais communal et s'enfonça dans les ruelles. L'air transportait par vagues des odeurs d'urine, de cuir, de teintures, de crottin, de légumes en cuisson. Des bruits d'enclume, des claquements d'étoffes, des cris. Il évitait les venelles vides, dont les murs sombres semblaient basculer avec le jour. Une boutique l'arrêta. « Celui-là n'est pas un épicier », pensa-t-il, fasciné par le rigoureux ordre quinconce d'une armée de pots bleu et blanc et le comptoir luisant sur lequel l'apothicaire pesait au trébuchet quelque substance blanchâtre. Plus loin, comme il passait devant une échoppe étroite où officiait un homme à grand tablier, il saisit comme un éclair un échange de regards stupéfaits : le client du barbier, repoussant d'un coup la serviette et le plat à barbe, se jetait déjà dans la rue, poursuivi par deux soldats de la milice, qui venaient de reconnaître en lui un chapardeur. Rue de la Sainte-Croix, au bout de laquelle on apercevait une chapelle bleue comme une dragée (la chapelle des pénitents blancs), il dut s'effacer contre le mur pour laisser passer une chaise à porteurs. Les rideaux cramoisis étaient tirés, mais il perçut un parfum de femme. L'envie le traversa de suivre les laquais. Il divagua encore un peu par les rues ; l'odeur des tanneries persistait, mais les cris, le bruit des marteaux s'éteignaient ; les ruisseaux roulaient lentement une boue de détritus ; dans les boutiques on commençait à moucher les quinquets. Une jeune servante, qui serrait contre elle un panier où s'égosillaient deux poules, lui sourit tout en poussant une porte au linteau blasonné. Il lui rendit son sourire, sans la voir. Il rebroussa chemin. Le couvre-feu ne tarderait pas.

À l'aurore, le bêlement des chèvres qu'on rassemblait place de la Cabraia fractura ses rêves. Il se leva, il appela Pascalin, et sortit de la ville par la route de Moulinet. L'air vif traversait méchamment la chemise. D'un ciel de lait, une lumière sans source enveloppait les reliefs. Une gelée blanche couvrait les bords de la rivière : dans ses méandres exposés au nord, on aurait dit qu'une petite neige avait figé les buissons, les rameaux, les galets. Mais sur les pentes on sentait déjà sourdre un printemps vert et rose. C'était comme un rêve. L'hiver n'était pas terminé ; mais Jouan voulait rêver, et il y parvenait à merveille. Le paysan qui devait de l'argent à son père ne fit aucune difficulté ; il demanda seulement trois jours pour liquider sa dette.

« Vous ne pouviez trouver meilleure raison de prolonger votre séjour », lui dit le chanoine Alberti, qui, ayant familièrement glissé son bras sous celui de Jouan, le conduisait à l'assemblée des *Occupati*. La foule n'était plus celle du soir ; on voyait dans les rues de jolis fichus, des mines notariales, des cavaliers. Ils passèrent un grand porche et entrèrent dans une salle assez vaste, emplie de monde. D'abord Jouan ne vit rien, sinon cette foule, beaucoup d'hommes en noir et en perruque, le scintillement de quelques robes de femmes. Puis, l'agitation s'apaisant, il put à loisir étudier l'assemblée. Sur un des côtés siégeaient le prince de l'Académie, les assesseurs, consulteurs et secrétaires ; au-dessus d'eux était pendu un panneau de bois, peint d'armoiries : un livre ouvert et la devise *Occupatus unquam*. À l'opposé se trouvait une sorte de petite estrade très basse, qui pour lors était vacante. Le public, séparé du reste de l'assemblée par une mince balustrade, emplissait le fond de la salle. On intronisait ce jour-là un nouveau membre, le docteur Ruffino, de Turin. Un petit gros homme, rond, correct, dont on devinait le regard aigu sous le verre bleuté des lunettes, monta sur l'estrade. Le maître des cérémonies lui donna la parole, et le docteur développa non sans talent (ni sagesse, car il fut plutôt bref) sa thèse « Sur les migrations des phtisiques ». On applaudit; le prince répondit en quelques mots flatteurs; on vota, et le docteur fut reçu membre sous le nom d'*il Decorato*.

L'illustre médecin n'avait pas été long, mais on avait perçu chez les ecclésiastiques et surtout chez les dames un certain soulagement. « Les uns redoutent les idées nouvelles, et les autres l'ennui », glissa le chanoine à l'oreille de Jouan. « On ne saurait le leur reprocher. Cependant, il était prudent de commencer par cette réception scientifique. Voilà maintenant qui va nous divertir. » Et, de fait, quelques académiciens vinrent lire l'un après l'autre qui un sonnet, qui une ode macaronique, qui un hymne à sainte Cécile. Dans sa naïveté, Jouan trouva ces compositions tantôt insipides, tantôt brillantes. Toutes furent unanimement louées. Enfin ce fut l'épreuve de l'improvisation. Honoré Ricci, baron des Ferres, alias *l'Infecondo*, monta sur l'estrade et se vit attribuer le thème suivant : « Les larmes d'Achille ». Le baron arborait une redingote en faille de soie tabac et des culottes vertes. C'était un homme grand, à la voix sonore mais mesurée. À l'étonnement de certains, qui le savaient plus féru de choses municipales et militaires que de belles-lettres, il s'en tira fort bien. Il montra qu'Homère n'avait point manqué à la beauté et à la raison en faisant pleurer le héros ; que l'histoire regorgeait d'exemples d'hommes illustres cédant à la douceur des larmes ; que, si les philosophes païens n'ignoraient pas le lien nécessaire entre la force et la fragilité (il cita Sénèque : « *Vere magnum habere fragilitatem hominis, securitatem dei* »), l'Église, par la bouche de ses saints, demandait à Dieu le « don des pleurs » ; qu'à l'instar de la brillante lumière, qui ne se peut concevoir sans l'ombre bienfaisante, nulle faculté humaine ne saurait exister sans son envers ; qu'a fortiori la vraie puissance a besoin de la tendresse et des larmes pour s'exprimer dans sa beauté ; enfin (et là le baron fut vraiment grand) que les hommes durs, insensibles, cyniques, bien loin d'être puissants, dissimulent la peur sous le masque de la force.

Jouan était émerveillé. « Par ma foi, lui dit le chanoine, je ne le savais pas si spécieux. » L'adjectif choqua Jouan. À ses yeux, la sincérité du baron était indubitable. Il pensait à son père, qu'il n'avait jamais vu pleurer ; et à lui-même (il en rougissait). « Serais-je plus grand que je ne le crois ? » se dit-il. « Il m'arrive qu'une musique m'arrache des larmes… » Pour le coup, la mélancolie l'étreignit. Il trouva cette assemblée ridicule, et le chanoine un peu trop rose, un peu trop poudré. « Venez, mon jeune ami, lui dit ce dernier, qui avait pris son silence pour un assentiment, allons saluer notre baroque orateur. » Le baron était très entouré ; les deux syndics, le révérend Borriglione, le comte de Gubernatis, plusieurs dames froufroutantes, le mouchoir à la main, formaient une cour pressante, qui s'ouvrit cependant dès qu'on aperçut le chanoine.

« Quel feu roulant, mon cher baron », dit l'abbé. « Vous avez déployé métaphores et antithèses comme vous l'eussiez fait de batteries et de régiments. Nous voilà vaincus. »

Jouan avait retrouvé sa gaieté, mais non son assurance. Le baron l'impressionnait. Par bonheur, le chanoine, très en verve, servit avec habileté de truchement entre le jeune homme intimidé et l'orateur. Lequel les pria à dîner pour le lendemain.

« Vous manquez d'aisance en société : ce n'est guère étonnant », lui dit le chanoine quand ils furent sortis. « Mais, décidément, je me sens plein de sympathie pour vous. Allons, venez dîner, cela vous évitera la table d'hôte, et peut-être serai-je utile à vous dégrossir un peu. »

Jouan et le chanoine avaient bien peu de choses en commun. Du moins, ce soir-là, chacun éprouvait-il des sentiments ambigus à l'égard de l'autre. « Il faut croire que je suis un peu amoureux de ce garçon », se dit le premier quand Jouan fut parti. « Il n'a pas seulement une jolie figure, il est intelligent, déluré d'esprit, à la fois fin et naïf ; il pourrait m'être utile. Mais, en somme, qu'ai-je à m'embarrasser de ce gamin ?... Tout de même, il me plaît ; je pourrais en faire quelque chose. »

De son côté, Jouan se sentait attiré par le chanoine comme le papillon vers la lumière : fasciné par l'intelligence, la désinvolture mondaine, et cette aura de puissance cachée que l'abbé voilait et dévoilait tour à tour selon les circonstances ; pressentant aussi qu'à fréquenter ce genre d'êtres on pouvait se brûler. Seulement, un monde nouveau s'était entrouvert devant lui ; et, quand il pensait au retour, il ne savait plus ce qui l'emportait, de son désir de revoir Nanette et son père, ou du regret cuisant de ne pouvoir demeurer dans cette ville bruissante.

Le lendemain, il fut un peu déçu par son dîner chez le baron Ricci. Sans doute, la nuit aidant, espérait-il vaguement recevoir comme la veille une manière de révélation. Il s'attendait à rencontrer un dieu ; il trouva un notable. Du coup, il se sentit plus d'assurance et eut même quelques saillies heureuses. Et son admiration pour le chanoine s'en trouva revigorée. Celui-ci, de son côté, fut ravi par l'esprit de son protégé.

C'est ainsi que, la veille du jour où Jouan devait, la mort dans l'âme, quitter Sospel pour retourner dans son village, le chanoine lui déclara tout à trac :

« Mon ami, je pars après-demain pour Nice, où mes devoirs m'appellent. Pour combien de temps, je ne le sais ; probablement quelques semaines, peut-être quelques mois. J'ai besoin d'un secrétaire. Ce pourrait être vous. Ne dites rien maintenant. Revenez ce soir me donner votre réponse. »

Jouan marcha trois heures par les rues, les prairies, les abords de la ville, jusque dans les bois de pins et de mélèzes noirs, où les chardons se haussent du col comme de petits arbres ; il ne voyait rien. Quand il s'aperçut qu'il était rentré à l'intérieur de l'enceinte, il se mit à courir et grimpa au pas de charge la rampe que flanquaient les deux chapelles des pénitents : il se retrouva chez le chanoine Alberti.

« Mon père m'attend, Pascalin m'est inutile, et je n'ai plus un sol ; que dois-je faire ? » jeta-t-il sans respirer.

C'était l'aveu de sa tentation, et un acte d'allégeance. Le chanoine s'y attendait.

« Calmez-vous, lui dit-il. Je vais vous dicter une lettre pour votre père ; votre valet la lui portera, en même temps que la somme que vous avez recouvrée. Votre absence ne sera pas longue, et, qui sait ? la Fortune est peut-être en train de vous tendre une mèche de ses cheveux. Comme dit le poète, *À qui ne l'attrape pas, elle présente alors une nuque chauve et insaisissable*. Voilà qui devrait convaincre M. votre père. C'est un point de résolu. Quant au reste, vous serez à mon service, donc à ma charge, et vous devez me faire honneur. Vous renverrez votre mule avec Pascalin : c'est du temps gagné pour son retour, et une épargne pour vous. D'ailleurs, toute belle, tout ecclésiastique qu'elle est, dit-il avec un sourire dans les yeux, cette monture ne vous convient pas. Il vous faut un cheval ; vous l'aurez. À propos, ajouta-t-il comme par incidente, allez chez Monsieur Buisson, mon tailleur. Vous vous y ferez couper deux habits, l'un de faille et l'autre de velours. Pour la coupe, fiez-vous à lui. Mais ne les choisissez pas trop sombres. La jeunesse a besoin d'être aimée, et notre mère l'Église compte déjà bien assez de tristes sires. Trop de noir, trop de noir ! C'est ce que je ne cesse de leur répéter. Du reste, mon intention n'est pas de vous conduire à la tonsure. « Ah, j'oubliais, faites-vous friser chez le barbier. Et rasez donc votre petite moustache. La mode en est passée depuis cinquante ans… »

IV

Une comédienne n'est pas une femme. – Entrevision d'une carrière pour notre héros

Le même jour où Jouan s'apprêtait à confier sa destinée au chanoine Alberti, la malle-poste de Turin arrivait au relais de Sospel. La malle ne fonctionnait alors que deux fois par semaine, et l'on doublait le service par des estafettes à cheval pour les courriers royaux et les missives urgentes. Précédé par les cris des gamins, le postillon arrêta dans un bruit de fer et de pierraille les trois chevaux trempés de sueur. La portière, peinte aux armes de Savoie, s'ouvrit. Le marchepied s'abattit ; un homme vêtu d'une longue redingote grise et d'un chapeau à bord roulé tendit la main ; et l'on vit apparaître une jeune femme élégante et vive, qui ébouriffait sa jupe avec beaucoup de grâce. Elle portait pour costume de voyage une veste aux basques courtes, du même drap zébré noir et vert que son jupon, et sur les épaules une capeline à la vénitienne. Des masses de boucles brunes frisées au petit fer s'échappaient de sous un chapeau de feutre emplumé d'un bouquet roux, qui s'inclinait coquettement sur l'oreille. Mais ce qui frappait le plus dans sa beauté, c'était, outre son teint de lait et ses pommettes hautes, des yeux extraordinairement noirs, taillés en amande. L'homme qui l'avait aidée à descendre de la voiture semblait lui témoigner un empressement tendre et respectueux. Il devait avoir quinze à vingt ans de plus qu'elle. Était-il son père, son mari, son amant ? À ce point du récit, le narrateur lui-même n'en sait rien.

Malgré la vivacité de ses mouvements et une bonne humeur qui devait lui être coutumière, la jeune femme semblait préoccupée. Elle demanda à se rafraîchir. Le maître de poste les conduisit dans une chambre d'hôte, en commandant qu'on apporte un broc d'eau fraîche et une bassine. Une fois qu'ils furent seuls, la jeune femme dégrafa son corsage. Une heure plus tôt, souffrant un peu de la chaleur qui régnait dans la voiture, elle avait ôté son *tabarrino* et passé puérilement la tête à travers la portière. Dans le soleil de l'après-midi et le vent qui lui fouettait le visage, un insecte, une abeille peut-être, l'avait piquée à travers la soie de sa chemise. Juste au-dessus du sein gauche. « Heureusement que nous ne sommes pas à Turin, dit-elle à son compagnon. Imagine que nous ayons une représentation ce soir au *Teatro Regio*, et que j'en sois réduite à voiler ma gorge ! » Elle rit. « Filippo chéri, ajouta-t-elle, sois gentil, va donc voir si cette bourgade possède un apothicaire digne de ce nom, et demande-lui quelque baume. Mets-y le prix, s'il le faut, mais je veux sur-le-champ un remède miracle. En attendant je vais recourir à l'eau de mélisse. » Et, ce disant, elle choisit, dans un coffret bourré de fioles, onguents, crèmes et parfums, un petit flacon à demi plein, et se mit à tamponner amoureusement la minuscule plaie.

La jeune femme, on l'a compris, était une des actrices de la troupe dont le bailli de Sospel avait annoncé l'arrivée à Jouan. Le théâtre italien n'était plus ce qu'il avait été (il n'était même plus du tout), et la fin du siècle dix-huitième n'avait rien à voir avec les temps héroïques de Scarron. Foin du chariot de Thespis, les comédiens et chanteurs se déplaçaient en diligence comme des bourgeois. Et comme il n'en existait pas encore entre Turin et Nice, la délicate Giuditta Lind et son compagnon avaient résolu de précéder en malle-poste leurs camarades, lesquels devaient arriver le lendemain avec des voitures de louage.

Fille d'une comédienne de Padoue et d'un luthier de Bohême qui, l'on ne sait trop pourquoi, s'était établi à Venise, Giuditta avait fait ses débuts à douze ans dans la troupe du célèbre Arlequin Sacchi, où, en peu d'années, elle avait troqué les rôles d'enfant et d'allégorie pour celui d'Amoureuse. Puis le *capocomico* avait été engagé à Gênes; la troupe s'était dispersée; chacun avait tenté la fortune où il le pouvait. Giuditta avait ainsi erré de théâtre en théâtre. Elle avait triomphé quelque temps à Padoue dans un plagiat à peine maquillé de *La Princesse Turandot* de Carlo Gozzi, et dans toutes sortes de féeries orientales où ses grands yeux peints et sa grâce voluptueuse faisaient merveille. D'ailleurs, les temps n'étaient plus à la pureté des genres. Depuis une vingtaine d'années, l'opéra-comique, système hybride qu'on devait à la France, avait contaminé l'Italie. C'est ainsi que Giuditta, formée à la musique par son père, s'était découvert une voix. Une voix au métal doré, agile et tendre, mais qu'elle savait rendre passionnée. La mode était aux brumes, aux mélancolies, à l'amour tragique.

À Turin, dans les hasards d'une de ses tournées, elle avait rencontré Filippo (qui n'était donc pas son père). L'homme à la redingote était avocat ; mais il pratiquait avec beaucoup plus de sensibilité le violoncelle et le piano-forte. Il était de belle tournure, et d'un esprit très inattendu. Il fit travailler Giuditta. Elle l'aimait (c'était le seul amour de sa vie, disait-elle), mais – l'on ne sait trop pourquoi – leurs rapports étaient chastes. D'ailleurs, il entretenait une petite danseuse de l'Opéra royal, célèbre parmi les *dilettanti* pour ses talents érotiques, qui lui vouait un véritable culte. Giuditta ne la connaissait pas, mais elle l'exécrait. Dans ses rares moments de colère, où les lacs de ses yeux noirs ressemblaient soudain à l'Averne, les admirateurs de cette beauté toujours gracieuse auraient été fort surpris des atroces jurons vénitiens que pouvait cracher sa jolie bouche sanglante.

Le lecteur est en droit de se demander ce que Giuditta, Filippo et la troupe qui s'était formée à Turin pouvaient bien venir chercher à Sospel. C'est que, malgré la réforme de M. Goldoni, qui d'ailleurs avait préféré s'exiler en France, le théâtre italien ne jouissait plus d'une faveur si générale qu'on pût se contenter sans fin des habituelles tournées le long du Pô. Il fallait trouver un nouveau public. Dans un café de la place *Saint-Charles*, l'avocat avait un jour suggéré le nom de Nice. La route royale étant ouverte, rien n'empêchait plus de se rendre aisément à Sospel, où les comédiens pourraient jouer avant le Carême. On y donnerait deux ou trois représentations de pièces bien rodées, donc sans risque. Si les recettes n'étaient pas trop mauvaises, on s'acheminerait sans hâte vers la capitale du comté pour y jouir du climat et sonder la direction du nouveau théâtre. (En secret, Filippo avait engagé des pourparlers en vue d'y faire chanter Giuditta dans quelque opéra-bouffe.) En cas d'échec, ou fortune faite, on s'embarquerait pour Toulon et Marseille, puisque les troubles de France semblaient s'apaiser, ou bien pour Gênes, où l'on retrouverait la sécurité d'une grosse ville marchande dont les nobles et les bourgeois ne boudaient pas les plaisirs qui avaient enchanté leurs pères.

Quand Filippo fut rentré avec une préparation de ce fameux apothicaire qui avait fait l'admiration de Jouan, et que Giuditta se fut soignée, rafraîchie, parfumée, le couple se fit indiquer l'hôtellerie par le maître de poste. On fit quérir un portefaix, et l'on se mit en marche. Sospel était une petite ville, mais très antique. Elle avait vu défiler empereurs, princes et prélats, érigé des arcs de triomphe et composé des dithyrambes, accueilli, de gré ou de force, des armées de toutes les langues (et jusqu'à ces horribles régiments allemands levés par la Savoie, dont, quarante ans plus tard, le souvenir n'avait pas été effacé par la cruauté des bataillons espagnols du marquis de Las Minas). Ouverte enfin à l'énorme charroi des caravanes de mulets et des voitures qui, outre le sel, le bois, le chanvre, le vin, le chocolat, le café, les liqueurs, les porcelaines, les soies, les mousselines et les indiennes, véhiculaient au-delà des Alpes ou vers la mer les voyageurs et les idées nouvelles, Sospel n'était pas une de ces bourgades que le moindre souffle de la capitale émerveille. Il n'empêche. Le narrateur, qui observe la marche du couple à travers les ruelles et les places, ne peut que rapporter le léger étonnement qui entoure, partout où elle passe, l'apparition de Giuditta. Ici, c'est un forgeron qui lève sa masse et ne la laisse pas retomber ; là, des lavandières, dont le battoir s'abat plus mollement ; là encore, un avocat qui, se rendant au tribunal, achoppe sur un pavé mal joint. Plus loin, sur la place du Saint-Esprit, un cavalier, qui tire probablement beaucoup de vanité de son gigantesque chapeau *à l'androsmane* (très en vogue à Paris depuis deux ans), et dont le regard semblait jusque-là ne rien voir, laisse s'arrêter sa monture, comme saisi. Et il n'est pas jusqu'à la délicieuse comtesse Blancardi (précédée de son laquais), qui, promenant une demi-redingote de drap jaune, un chapeau enrubanné à la chérubin et un manchon de loutre, ne sente pâlir soudain ses joues et ses beaux yeux couleur d'orage.

« Crois-tu que cette auberge ne sera pas trop mal confortable ? Crois-tu que le temps restera beau ? Crois-tu que nous serons heureux ? Crois-tu... », disait Giuditta à son compagnon, dont, à la vérité, elle n'attendait pas de réponse. « Mais j'oubliais, tu repars demain. Tu vas retrouver cette ordure de Carlotta. Ah, je la déteste !

— Giuditta ! » disait Filippo sur un ton de doux reproche.

Et cependant qu'ils marchaient vers l'hôtellerie, la jeune femme, accoutumée aux hommages, distribuait sans y penser de grands sourires innocents, qui découvraient ses dents éclatantes.

« Pourquoi ne me fais-tu pas l'amour ? » reprenait Giuditta. (Pourquoi diable en effet ne lui faisait-il pas l'amour, on se le demande. Quel homme entre Venise et Turin n'aurait pas donné sa vie pour être à la place de Filippo ? Mais nous laisserons la réponse de l'homme à la redingote dans les limbes des conversations sous-entendues. Du reste, le petit entretien que Giuditta menait à elle seule n'était pas si cohérent ni si verbal pour qu'on pût le rapporter par écrit. Comment noter par exemple les petits cris qu'elle poussait parfois pour s'éclaircir la voix ? ou les abandons de son bras sur le bras de Filippo ? ou le brusque mutisme dans lequel elle tombait durant quelques secondes, la tête inclinée, son petit poing serré, oubliant son compagnon qui, s'effaçant pour lui laisser le passage sous un portique étroit, voyait alors la blancheur inouïe, la courbe pure de sa nuque, où – le savait-il ? – les amants de Giuditta pouvaient découvrir, sous les boucles parfumées, un grain de beauté dont la perfection évoquait irrésistiblement l'image de quelque perle obscure ?)

« Si tu t'imagines que mes amants de passage me rendent heureuse… Il est vrai que j'ai connu de jolis moments – avec le petit Pallavicini, par exemple. Il était bien tendre, lui… Et puis, j'aime les stratèges, et, sous ses dehors enamourés, avec quelle audace calculée ne m'a-t-il pas conquise.

— *Ti prego, Giuditta !*

— Bon, bon, Filippo chéri, je vois que la jalousie monte en toi ; c'est bon signe… »

Mais déjà l'on arrivait à *La Croix blanche*. Une large bâtisse fort propre, avec une petite treille tout agitée d'oiseaux. L'air était doux ; quelques bourgeois, à perruque et redingote, buvaient un verre sous le feuillage. L'aubergiste, un grand type aux cheveux noirs qui avait des prétentions à l'urbanité, se précipita lentement, si l'on peut dire, pour marquer sa déférence sans avoir l'air tout à fait servile. Filippo trouva fort commode les deux chambres qu'il lui proposa.

Giuditta, l'on s'en doute, n'était pas femme à se lever matin. Elle avait passé une partie de la nuit à sa fenêtre (*La Croix blanche*, auberge cossue, avait des carreaux de verre et non de papier huilé), à regarder une grosse lune jaune rouler à travers les nuages qui ravageaient un ciel gris comme la tôle. Sa chambre baignait dans une clarté bleuâtre (deux méchants flambeaux de cuivre brûlaient sur une cheminée en bois peint), et c'était un Fragonard que son joli corps faisait dans sa chemise, ses petits doigts froissant le livre, sous l'éclat jaune de la lampe… Elle avait voulu relire un moment quelques tragédies d'Alfieri ; mais décidément l'univers du poète piémontais était trop étouffant. Le gros *in octavo* avait atterri dans un coin de la chambre. Et la jeune femme s'était replongée dans la *Clarissa* de Richardson. Cette histoire de vertu persécutée l'amusait follement ; et peut-être, en quelque endroit bien profond de son âme, l'émouvait-elle. Dans ce corps délicieux (Giuditta s'était allongée sur le ventre, et l'on voyait ses jambes de nacre se balancer comme deux gracieux pendules hors des flots de rubans et de soie), l'âme, depuis toujours, se cherchait un rôle. Vers deux ou trois heures du matin, la jeune femme avait, d'un geste las, mouché la chandelle et s'était endormie.

Jouan, quant à lui, s'était levé dès l'aube. Devant l'auberge, il avait trouvé un demi-sang gris pommelé, splendide de poil, frémissant des narines, que tenait par la longe un domestique du chanoine. Il partit presser le tailleur, courut chez le barbier, revint payer l'aubergiste, prépara son bagage, manda Pascalin chercher ses habits. Il était heureux d'avoir tant à faire pour occuper les immenses heures qui le séparaient du départ. Aux doutes de la veille avait succédé chez lui une sorte d'exaltation, qui s'accordait bien avec le ciel bleu secoué d'un petit vent plein d'odeurs (il avait plu dans la nuit) et le bruit des clarines qui s'éloignaient dans les champs. Il remit à Pascalin ses derniers sols et la lettre destinée à son père ; le valet enfourcha la mule ; Jouan déposa un gros baiser sur le museau d'Hermine, et se retrouva seul.

Et voici maintenant que le narrateur doit rassembler ses maigres talents pour relater la scène à laquelle il assiste. Car il est presque midi ; l'heure du départ est proche. Jouan, qui est resté quelques instants dans la rue à regarder s'amenuiser la silhouette de Pascalin, aussi fièrement planté sur sa mule qu'Artaban à la tête de la cavalerie parthe, Jouan, donc, rentre dans l'auberge. Il passe le seuil, relève un peu la tête, et, dans la pénombre de l'entrée, il distingue sans y prêter attention une forme féminine qui descend paresseusement l'escalier. Lui s'apprête à le monter. Et, au moment où les deux jeunes gens vont se croiser – Giuditta lui souriant sans le voir –, Jouan perçoit, comme le rayon condensé dans le foyer tremblant d'une loupe, cette beauté qui déjà passe, et franchit à son tour le seuil, et disparaît dans la lumière.

« Ah, les beaux yeux noirs !... » s'entend-il murmurer.

« Que n'avais-je passé mon nouvel habit ! » maugréait-il, rentré dans sa chambre. « Malgré son sourire, elle ne m'a pas regardé. Que dis-je ? elle ne m'a pas vu... » Et il roulait son portemanteau avec une sorte de colère contre le hasard, le sort injuste, etc. La Fortune, c'était le cas de le dire, avait les yeux bandés. Mais il se reprit bien vite (par crainte d'offenser Dieu, sans doute, et de s'en trouver puni), et même il sourit. La Fortune ? Mais n'était-ce pas, comme l'avait dit le chanoine, ce bel habit de velours, le demi-sang gris, et bientôt Nice, la mer, les orangers, les palais, les carrosses ?

Il accrocha son portemanteau au troussequin de sa selle, sauta allègrement sur la bête, qu'il sentit frémir, et d'un petit pas fringant se mit en route vers la maison du chanoine. L'air lui caressait merveilleusement les lèvres (rasées de près), et, sous son élégant chapeau *jockei*, il sentait flotter les rouleaux de ses beaux cheveux châtains. Il ne put s'empêcher de prendre le trot pour traverser la place de la cathédrale.

Sous les arcades, on avait failli l'attendre. La légère berline du chanoine se balançait encore sous le choc de la portière qu'on venait de refermer (Jouan y aperçut les armes des Alberti, timbrées d'un chapeau de *monsignore* aux cordons entrelacés à trois rangs de houppes). À travers la fenêtre ouverte apparut la tête rose du chanoine, qui de sa petite main le saluait.

V
Conversation dans une berline roulant vers Nice

Au bout d'une heure ou deux de route, l'abbé invita Jouan à le rejoindre dans la voiture. La berline était capitonnée de satin saumon, et magnifiquement suspendue. « Mon ami, lui dit le chanoine, qui prisait avec délicatesse dans une tabatière en écaille, il est temps que je vous mette un peu au courant de notre programme. *Primo*, notre logement. Nous descendrons chez mon cousin Alberti de Villeneuve. Non, pas le célèbre lexicographe, qui, malgré sa critique de l'*Émile*, est un mauvais sujet (je le soupçonne même d'athéisme). Nous logerons chez son frère, le colonel-comte Alberti, qui met aimablement à ma disposition une petite aile de sa maison. J'ai coutume d'occuper le second étage ; vous serez au premier. *Secundo*, votre tâche. Vous serez à ma disposition tous les matins, et parfois en fin de journée si je vous le demande. L'après-midi vous appartiendra, ainsi que les soirées. En vérité, le Carême approchant, vous n'en profiterez guère. Ni théâtre ni bals. Quant aux… *donne meretrici* [comprenez : les putains] – ne rougissez pas, et relisez Horace –, leur quartier est fermé le soir. Je vois que vous déchantez un peu. Je vais vous rassurer. J'ai résolu de vous mettre à l'épreuve une dizaine de jours. Si vous passez ce cap (ce dont, au vrai, je ne doute pas), je vous introduirai dans la société niçoise, qui grossit d'ailleurs de jour en jour avec l'afflux des émigrés français : vous pourrez ainsi vous frotter, non seulement à notre aristocratie urbaine, mais à la fine fleur de la noblesse provençale. Eh bien, qu'en dites-vous ?

— Mais, dit Jouan non sans quelque embarras, vos bontés…

— Elles sont réelles, dit en riant le chanoine, mais ne vous les exagérez pas. Vous ne manquerez pas de travail. À propos, votre latin n'est pas trop exécrable, j'espère ?

— J'avoue qu'il est moins bon que mon italien.

— Je m'en doutais. On néglige trop cette magnifique langue. Je vous ferai travailler. Au reste, hormis ma correspondance officielle, votre jolie calligraphie trouvera surtout à s'employer en italien et dans la perverse langue des Philosophes. »

En achevant ces mots, le chanoine avait eu un demi-sourire. Jouan, que sa neuve ambition rendait observateur, se demanda ce que cela signifiait. Sachant qu'il venait d'une région frontalière, l'abbé avait-il voulu le sonder ? Ou bien cachait-il une secrète prédilection pour ces écrits envers lesquels sa position l'obligeait à affecter le mépris et l'horreur ? Comme s'il avait voulu accroître sa perplexité, le chanoine reprit d'un ton badin :

« Au fait, je m'aperçois que je ne vous ai même pas informé du but de notre séjour à Nice. Le voici. Vous savez que, malgré l'apaisement relatif des troubles qui ont secoué la France, rien n'est réglé dans ce malheureux pays. Bien au contraire. Je dirais même que tout ne fait que commencer. En attendant, c'est l'Église qui fait les frais (c'est bien le mot) de cet apparent retour à l'ordre. On a d'abord nationalisé les biens du clergé – et, dans leur campagne de dérision, ces coquins sont allés jusqu'à mettre dans la bouche des serviteurs du Christ une parodie infamante d'une ritournelle à la mode : *"J'ai perdu mes bénéfices, rien n'égale ma douleur…"* Je passe sur les millions d'assignats qu'on en a tirés, et qui ne vaudront pas tripette d'ici quelques mois. Il n'y a pas trois semaines, leur Assemblée a décrété la suppression des ordres religieux. Et l'on parle à présent – tenez-vous bien ! – d'une *Constitution civile du clergé* ! Vous imaginez ce que deviendrait une Église dont les chefs dépendraient du peuple, ou plutôt de l'État, car le peuple n'est qu'une entité commode que ces canailles ont inventée pour servir leurs desseins. Savez-vous ce qu'un Français a osé dire à l'attaché du nonce de notre Saint-Père à Paris ? "Gardez bien votre pape, car ce sera le dernier !" Ce n'est plus du gallicanisme, c'est le règne de Satan !… En bref, il est clair que tout cela ne se serait pas produit si les pasteurs de l'Église de France avaient été plus attentifs. C'est pourquoi Sa Sainteté a prié nos évêques de lui établir au plus tôt un rapport sur la santé morale et religieuse du comté. Et c'est moi, humble chanoine (nouveau demi-sourire) que MM. de Nice, de Vence et de Vintimille (car Mgr Hachette des Portes, votre évêque, se trouve déjà malmené par les prétendus *patriotes)* ont chargé de rédiger ce rapport. Vous voyez que je ne vous mentais pas quand je vous disais que vous ne chômeriez pas. Il nous faudra collationner les informations de chaque curé, les trier, les vérifier parfois (j'ai par-devers moi une liste des curés douteux : l'un est fou ; l'autre lubrique ; un autre encore secrètement acquis aux idées françaises ; j'en ai cinq ou six comme cela). Puis nous établirons une carte statistique et un rapport général, assortis de quelques propositions. Ne vous effrayez pas de la tâche. Nous prendrons cela comme un jeu. Imaginez que nous menons une petite guerre. Mon bureau sera notre quartier général ; vous serez mon aide de camp. »

Au relais de L'Escarène, Jouan sortit de la berline quelque peu étourdi. En moins d'une demi-semaine, il s'était trouvé projeté d'un monde quasi biblique dans le monde tout court. Et le petit discours du chanoine avait achevé de lui ouvrir les yeux. Il n'aurait su exprimer lui-même ce qu'il éprouvait. « Voilà un homme, se disait-il, qui me plaignait presque de ne pouvoir profiter des courtisanes de Nice et qui, cinq minutes plus tard, me fait un exposé sur l'urgence de la bonne santé morale et religieuse de notre pays. Est-ce un réaliste ou un roué ? Il est vrai que j'ignorais la gravité de la situation en France. Les lettres de mon frère Honoré sont bien laconiques, et ce qui lui tient à cœur, c'est plutôt le sort des cotonnades et de la soie. Il n'empêche, quel étonnant personnage que mon protecteur… » Et, sautant sur son beau cheval qui lui était déjà cher comme une amante, il repensa aux derniers mots de l'abbé. La métaphore militaire lui avait plu. Il revoyait son père, du temps où il était capitaine de la milice, faisant faire l'exercice à la prussienne à ses hommes. « Quel drôle de général ! » se dit-il en pensant à l'abbé poudré, et il lança son cheval sur la route.

« Caracolez un peu, lui avait dit le chanoine Alberti. Cela vous fera du bien, et peut-être l'excitation que je vois croître en vous à l'idée d'entrer si fièrement monté (et vêtu, car votre habit bleu vous sied à merveille) dans notre illustrissime ville s'en trouvera-t-elle un peu diminuée. La règle première pour s'élever dans le monde tient en deux mots : *Nil admirari*. Je ne vous ferai pas l'injure de les traduire. Remâchez-les et faites-les vôtres. »

Jouan galopait donc sur quelques lieues, puis ramenait sa monture au pas vers la berline. Il jouissait du vent, de la sonnerie barbare que faisaient le mors et les sabots, des larges flancs qu'il sentait haleter sous lui, de l'air surpris des paysans et des muletiers voyant revenir d'un pas nonchalant ce cavalier qui venait de les couvrir de poussière. Il jouissait de cette route vraiment royale, avec laquelle il confondait déjà son destin.

Le jour déclinait. Tandis que l'équipage du chanoine s'avançait vers la porte de Turin, dont on voyait blanchir l'arc de triomphe à moins d'une lieue, du côté de la France le soleil se couchait dans une gloire muette, transperçant de ses rayons d'immobiles nuées couleur de vin. Jouan, que ses courses avaient assagi, trottait à côté de la berline. Passé la porte triomphale, à peine s'il eut le temps d'apercevoir la place Victor, la colline moussue du château, le dôme qui étincelait comme une grosse étoile et son escorte dispersée de clochers et de flèches. Déjà l'on passait le Pont-Neuf. L'air, fraîchissant d'humidité, s'alourdissait d'effluves où pointaient l'oranger, le citron, la bergamote.

Le colonel Alberti de Villeneuve avait été l'un des premiers Niçois (étonnante audace pour un personnage dont on verra la fadeur) à se faire bâtir une maison dans le faubourg de la Croix-de-marbre, à l'ouest de la ville, sur la route de France. Mais, en réalité, presque en terre anglaise. Les *tourists*, qui auraient volontiers transporté l'Angleterre, moins les brumes, dans leurs malles, s'étaient annexé ce quartier depuis une vingtaine d'années, et l'avaient incontinent rebaptisé *Newborough*. Nom qu'avec la suprême indifférence des Méridionaux les Niçois avaient adopté, en s'arrangeant seulement pour qu'il fût prononçable. On disait la Croix-de-marbre ou Nieubourg. Et la chose était si bien entrée dans les mœurs que le roi avait accordé le titre de comte de Nieubourg à une famille espagnole du nom de San Pedro devenue nissarde sous le nom de Saint-Pierre… – Autour de la large route du Var, Nieubourg était un quadrillage incertain de jardins et de vergers qu'assombrissait un crépuscule déjà bruissant de rossignols et de lueurs. Malgré la présence des Anglais (à qui, du reste, on faisait payer leur mépris en les roulant de la belle manière), le faubourg était un petit éden entre ville et campagne. Par une allée bien noire, la berline, suivie de Jouan et de la voiture qui transportait les bagages et les deux domestiques, s'engagea dans un de ces jardins.

La maison du colonel Alberti était assez à l'image de son propriétaire. Avec sa médiocre façade émergeant des bosquets, elle était noble, sèche, étriquée. Malgré la position de sa famille, le colonel avait fait une carrière des plus discrètes dans le régiment d'infanterie provincial. C'était un être long et maigre, aux yeux clairs, taciturne mais sans profondeur. Hormis sa perruque parfaitement poudrée, on n'aurait su dire à quoi il consacrait sa retraite. On le voyait souvent songeur. Sur la fin de sa carrière, cet homme triste et futile avait eu la chance de faire une cascade de petits héritages qui lui avaient permis de venir abriter ses derniers rêves dans le faubourg.

C'est dans cette maison silencieuse que Jouan se vit attribuer un petit appartement, comprenant une antichambre, une chambre et un salon. Le mobilier était sommaire et les miroirs mouchetés, mais les tomettes rouges luisaient assez gaiement à la lueur des chandelles. Jouan n'avait pas peu goûté le contraste que formaient les deux cousins, et s'imaginait que l'esprit du chanoine, lequel semblait se moquer subtilement de l'officier – qui ne voyait rien, n'entendait rien –, lui vaudrait de plaisants moments. Mais, dès le lendemain, chacun resta chez soi, et Jouan ne vit plus guère le colonel. Il lui arrivait seulement de le croiser dans le jardin ; le vieux militaire était d'une courtoisie parfaite, c'est-à-dire insignifiante. Il semblait s'être absenté de la vie.

Ainsi passèrent les dix jours que le chanoine s'était fixés pour juger Jouan. Le jeune homme eut l'intelligence de saisir l'erreur qu'il commettrait à vouloir trop bien répondre à ce qu'on pouvait attendre de lui. Et même il s'efforça de diminuer le désir naturel qu'il avait de plaire. D'ailleurs, s'il avait un peu perdu de sa naïveté, c'était une âme à la fois trop fière pour être vraiment capable d'intrigue. Il se levait matin, travaillait avec le chanoine jusqu'à une heure, puis vagabondait par la ville ou sur la plage des Ponchettes. Il allait rire, avec les pêcheurs du faubourg, des quelques Anglais qui se baignaient en plein mois de mars (« Ils ont les jambes marbrées comme des queues de maquereau », lui dit un jour un de ces pêcheurs), ou contemplait Lady Penelope Atkins qui, « telle Diane conduisant son bige argenté » (ainsi la chantait un poète local dans un sonnet qui fit fureur), promenait son attelage sur le boulevard ; ou bien arpentait le

Palco, admirant la nonchalance des Niçoises qui, sous des bonnets à soufflets grands comme des calèches, faisaient leur *passeggiata*, en s'appuyant d'un bras à leur mari et de l'autre à leur sigisbée ; ou encore il s'enfonçait dans les ruelles de la vieille ville, et, le soir venant, il en ressortait un peu hagard, les yeux fatigués, les jambes rompues, et parfois l'âme (et la bourse) en déroute.

Il ne poussa qu'une fois jusqu'au port de Lympia ; la vue des galériens et de cette forêt mouvante de mâts et de voiles lui laissa un étrange sentiment d'appréhension mêlé de désir. Mais il aimait rêver sur la colline du château ou, dans la nuit tombée, à sa fenêtre. Il retrouvait alors quelque chose du bruyant silence de ses montagnes.

Le onzième jour après leur arrivée à Nice, le chanoine Alberti déclara à Jouan qu'étant satisfait de lui il allait l'associer plus étroitement à sa tâche. Et à ses distractions, ajouta-t-il en voyant son étonnement un peu ennuyé. « Vous n'irez plus seulement courir aux Ponchettes, ou dans certains escaliers scabreux… »

« Mais c'est qu'il m'espionne ! » pensa Jouan, et il se rappela la figure de deux ou trois visiteurs de l'abbé, dont un petit séminariste râpé, aux yeux faux…

VI

Nice en 1790.
– Une entrée dans le grand monde

On était le 2 avril.

Le douzième jour après leur arrivée dans la ville, le chanoine emmena Jouan chez la comtesse Corvesy Lascaris de Gorbio, née Caterina Biglioni di Terranova, matrone qu'on flattait autant pour son mari, dont on attendait la nomination à la présidence du Sénat, que pour le peu de vie mondaine qu'elle maintenait durant le Carême. À défaut de bals et de spectacles, restaient les parties de trictrac et les gazettes (de Leyde ou de Lugano). Sur ces soirées, le gouverneur fermait les yeux.

Jouan monte les marches d'un escalier rose et gris à double révolution, dont colonnes et voûtes semblent tourner autour d'un axe qui se dérobe sans cesse au regard. S'il n'avait en tête la maxime du chanoine (« Ne s'étonner de rien ! »), il se laisserait prendre au vertige. En haut, laquais, lumière, rumeurs, bribes confuses de trois ou quatre langues, où domine le français. On annonce le chanoine et *M. le chevalier d'Authier*. Jouan se sent rougir. Il suit son mentor, qu'on accueille avec une sorte de faveur respectueuse. La première chose, peut-être, qu'il entrevoit, c'est une grande tapisserie où des déesses s'alanguissent dans un pré, au milieu de faunes et de musiciens mi-pasteurs mi-gentilshommes. Jouan dissimule assez bien sa timidité. La soirée passe très vite. La lumière, le café (dont il a abusé), la beauté de quelques femmes, la présence d'émigrés français (et non des moindres : le maréchal de la Trémoïlle, le duc de Rohan, la tapageuse marquise de Cabris, que le peuple, il y a quelque trois mois à peine, a traînée par les cheveux sur le pavé, devant son château ; elle s'en est bien remise, elle est rose, dodue, effervescente, elle flirte avec le petit Pontevès qui n'a pas vingt ans), tout a un peu enivré Jouan. Quand, dans un petit groupe auquel il s'est agrégé près d'une table où l'on joue au reversi, quelqu'un lui adresse la parole, il a un mot heureux. On le regarde. Ce petit chevalier a de l'esprit. À deux pas, une jolie blonde, de trente ans, appuie sur lui ses yeux gris en souriant.

« Vous avez été très bien », lui dit le chanoine sur le chemin du retour. Dès le lendemain, sa vie change. Les deux ou trois sbires de son protecteur le saluent bas ; on lui donne un domestique ; il fréquente chez Mme Corvesy ou, à l'*Hôtel d'York*, chez les ducs français. Partout il sent une imperceptible faveur, qu'il finit par attribuer à ses mérites (il y compte sa jeunesse, ses traits réguliers, ses beaux cheveux châtains). Chez les Lascaris, il a revu la jeune femme aux yeux gris. Elle est provençale et s'appelle Madeleine Ruffin de Beaufert; elle n'est pas très lettrée, ni même particulièrement intelligente, mais, avec cette brusque intuition qu'on souvent les femmes, elle a compris en octobre 89, dès que la populace a obligé le roi à venir demeurer à Paris, que la Révolution ne serait pas une *régénération* pour tout le monde, et qu'elle et sa classe auraient beaucoup à y perdre. Elle a résolu de partir; son mari, petit homme précis, calculateur, sans méchanceté mais sans envergure, ne veut pas quitter son château. Elle est donc entrée dans son bureau pour lui annoncer son départ.

— Comment, vous me quittez! s'écrie-t-il ébahi.

— Oui, mon ami, mais, ajoute-t-elle avec un sourire charmeur, pas définitivement! Je pars en avant…

— Mais où allez-vous donc?

— À Nice. Un endroit délicieux: la mer, les orangers, et pas de mistral comme ici… Les Anglais adorent ce pays-là. Et puis le peuple y est calme, et n'y prend pas encore d'assaut les prisons royales…

— Vous allez vous perdre en chemin!

— Mon ami, je ne suis pas si sotte, et j'emmène avec moi Justin et ma camériste.»

Voilà comment Madeleine de Beaufert est arrivée à Nice, où, très gentiment reçue par ses cousins Laurenti, elle a aussitôt été introduite dans les salons de la noblesse locale.

Jouan reçoit une vilaine clef et un billet ; le parfum qui en émane émeut son amour-propre et l'enivre un peu. La voilà sa maîtresse. Deux pièces discrètes aux abords du ghetto se transforment en paradis. Madeleine est gaie, voluptueuse, merveilleusement impudique. Elle croit l'aimer parce qu'il lui faut se boucher le nez et salir ses escarpins dans le ruisseau pour le rejoindre. Lui – par vanité, désœuvrement du cœur – se laisse prendre au jeu ; au bout de quelques semaines, il se lassera un peu de l'entendre ronronner pendant l'amour, Il n'aura guère de mal à séduire une petite cousette qui travaille à sa fenêtre, à deux pas du Gesù.

« Jouissez de vos conquêtes, lui dit un jour le chanoine, mais évitez madame de Cabris, qui a le sang si chaud. Elle est à la solde de Mirabeau, son frère. D'ailleurs, ici on la méprise. » Le même jour, Jouan croise dans l'escalier le marquis de La Fare, ancien premier consul d'Aix en Provence, qui rêve d'organiser dans les montagnes une légion au service des Princes, et intrigue sottement ; il est hautain, maladroit, et il incommode autant le consul de France que le roi, informé par le marquis de La Planargia, gouverneur du comté.

Pendant ce temps les comédiens, qui ont fait recette à Sospel, se sont mis en route pour Nice. Ils logeront chez le comte de Venanson, qui, sous prétexte de représentations privées, les attend à Cimiez. Il mise sur sa belle villa, ses ruines, la vue *romantique* et bleue qu'on a de ses jardins, pour séduire Giuditta, dont la réputation est arrivée jusqu'à lui. À peine l'a-t-il vue qu'il est ébloui. Et l'entreprend. Giuditta esquive, et temporise. Le comte n'est pas vraiment bel homme, mais il est plein de tact, et très épris. Dîners fins ; vergers au clair de lune ; excursion au festin des Reproches, que Giuditta trouve « pittoresque » : rien ne manque à la panoplie du vieux séducteur. Une bague d'onyx, ourlée de roses de Hollande, vient à point. Giuditta cède. Fureur de son collègue l'Amoureux, qui, depuis Turin, lui fait vainement la cour. Enfin les comédiens se séparent. Après avoir tergiversé, ils s'embarquent pour Toulon. Une grosse gabare met les voiles sous le regard indifférent de Giuditta, qui reste et s'installe à l'Hôtel des Quatre-Nations, qu'un certain M. Isnard, devant l'invasion des émigrés, a eu la bonne idée d'ouvrir non loin du Pont-Vieux. Mais voilà de retour Filippo, qui vient discuter avec l'administrateur du théâtre l'engagement de Giuditta. Le Piémontais négocie comme un Génois et emporte le marché. C'est décidé, la jeune actrice chantera *L'Amour contrarié,* dit aussi *La Molinara,* de Paisiello (ouvrage auquel Naples a fait un triomphe deux ans plus tôt). À la faveur des répétitions, la jeune femme rompt avec le comte, qui devient encombrant. À présent, c'est l'impresario qui, fort de sa position, compte bien inscrire le nom de la jeune actrice dans son médaillier.

Quarante jours ont suffi à Jouan pour devenir un autre homme, ou presque. Il respire la vie avec ivresse. Le chanoine le mande souvent à sa place à l'archevêché :

Mgr de Valperga y prépare une nouvelle édition de son catéchisme en dialecte; on le reçoit chez l'Intendant général et le commandant de la place; il court de missions en rendez-vous galants; tire chaque soir à l'épée ou au sabre avec des officiers français ou des dragons du régiment de Piémont. On commence à solliciter ses faveurs; on le sait protégé. Dans son bureau du deuxième étage, Hercule Alberti se dépouille de ses rondeurs mondaines; les visites et les rapports se font plus nombreux; Jouan travaille de son côté. Dans son appartement, il a poussé son bureau en citronnier devant la fenêtre pour pouvoir regarder les arbres et la mer entre deux rapports. Alors il rêve. Il a beau s'amuser comme un fou dans cette ascension imprévue qui est la sienne, il n'en éprouve pas moins des bouffées de nostalgie pour ses montagnes et se sent un grand vide dans le cœur.

Dans le jardin, il croise de plus en plus souvent des visages farauds ou constipés : ce sont des émigrés. Ils sont maintenant plus d'un millier à Nice, et ils encombrent autant le consul de France, M. Le Seurre, que le roi, qui n'a nullement envie d'offrir à ces maudits bonnets phrygiens une occasion d'envahir ses États. Un jour que le chanoine est sorti, Jouan entrouvre par mégarde un portefeuille ; avec stupéfaction, il déchiffre le double d'une relation adressée au roi par le marquis de La Planargia : « ...Les nobles français font pompe de l'amour démesuré qu'ils ont pour leurs princes, quand ils sacrifieraient volontiers ces mêmes princes pour recouvrer leurs droits et leurs châteaux… » Dans le même dossier se trouve une missive cryptée en provenance de Rome. Jouan referme hâtivement le portefeuille.

On a sonné Pâques avec beaucoup de faste. À Sainte-Réparate, le chapitre et les confréries (pénitents blancs, gris, rouges, noirs) ont dû se serrer pour faire place aux princes-évêques de Noyon, d'Apt et de Fréjus, réfugiés à Nice, et à leurs collègues émigrés, chanoines de Vence et de Saint-Victor à Marseille, chartreux de La Verne. Le vent du printemps fait trembler les ormeaux du Cours, balaie l'odeur immonde de la vieille ville, multiplie les oriflammes et les carillons. Le consul de France boude ostensiblement les cérémonies. Il a gardé les culottes et les bas à l'ancienne, mais il a quitté sa perruque pour porter les cheveux *à la Brutus*. C'est un homme fin, plein de raison malgré ses opinions révolutionnaires – ou plutôt gouvernementales : il doit y avoir chez lui une esquisse de sentiment national, car il accepte les changements de régimes et d'hommes en estimant faire son devoir. En l'occurrence, il a truffé d'espions la ville. De son côté, le vieux marquis de Marignane dépêche courrier sur courrier au comte d'Artois, assez mal en cour chez Victor-Amédée III, son beau-père.

Depuis quelque temps, le chanoine Alberti semble se désintéresser un peu de son enquête sur l'état moral et religieux du comté. Il en a confié le bilan à Jouan. Un soir de juillet, alors que son dernier visiteur vient de partir et que la chaleur du jour se dissipe un peu, il invite le jeune homme à s'asseoir. Contre le ciel qui vire à l'outremer, on voit à travers les carreaux s'enténébrer les pins.

« Mon cher *chevalier*, laisse tomber le chanoine, nous voici à un carrefour. Votre discrétion est parfaite, et je vous en sais gré, mais vous n'êtes pas assez sot pour vous être mépris sur mon travail ici. L'enquête que nous menons n'est qu'une pièce minuscule dans le plan de résistance que l'Église se doit d'opposer aux progrès de la Révolution. Les Français ont voté la sacrilège Constitution civile du clergé. Ne nous leurrons pas ; ils ne s'arrêteront pas en si bon chemin. Ce n'est qu'un pas de plus vers la démolition de l'ordre ancien. Et cette épidémie morale et politique ne s'arrêtera pas de sitôt ; nulle quarantaine ne nous protégera. C'est l'Europe tout entière qui, déjà, tremble de fièvre. J'ai tenté d'organiser ici, en accord avec le Saint-Siège, ce qu'il nous faut désormais appeler la contre-révolution. Mais M. de La Fare et le marquis de Marignane sont des imbéciles. Ils s'imaginent qu'ils complotent : ces vieux enfants-là ne savent que jouer aux palets. Susciter des duels avec les gens du consulat français ; arracher une cocarde tricolore à un négociant ; inciter à la désertion quelques dragons du Var ; manifester à grands cris au sortir de la messe ; rêver, autour d'une table de whist, de masser une armée à Saorge, mais sans savoir comment : telles sont les grandioses actions de ces messieurs. Non contents de prêter le flanc aux railleries du consul de France et d'irriter le marquis de La Planargia, ils agacent le roi lui-même, qui, s'il n'écoutait que son cœur, les foutrait dehors sur-le-champ. Bref, ils sont impotents, et notre souverain ne lèvera pas le petit doigt pour eux, par crainte d'enflammer son propre royaume. En vérité, mon ami, l'Église est seule ; nous sommes seuls. Mais c'est là qu'est notre puissance, et notre salut. Seule Rome possède les armes capables de contenir la populace, car seule elle lui offre une espérance qui n'est pas de ce monde. L'égalité, la liberté sont des chimères commodes pour qui veut agir avec célérité. Mais le peuple ne joue pas longtemps avec ces hochets. Il a besoin de chefs, et réclame à juste titre qu'on l'aide à supporter sa misère ; il veut une espérance, en somme. Ne rien lui promettre ici-bas, c'est la seule règle politique. Et seule l'Église peut l'appliquer, puisqu'elle sait que rien sur cette terre n'a de prix.

« À présent vous connaissez ma pensée. Qu'allons-nous faire, me direz-vous ? Voici. En apparence, je ne changerai rien à mes positions ; je ferai mine de suivre, d'encourager même, les projets de messieurs les émigrés – d'ailleurs, on ne sait jamais : il faut être partout. Mais, en réalité, nous allons travailler pour l'avenir. Dès demain, nous reprenons notre enquête, mais en l'étendant à toute la population du comté. En utilisant d'une part les renseignements que nous avons rassemblés sur les curés et, de l'autre, les recensements annuels, nous n'aurons pas de mal, grâce à nos informateurs, à établir une sorte de répertoire de police. Ce n'est guère exaltant, je vous le concède, mais cela est nécessaire. En même temps, préparons l'avenir par une action de *propagande* religieuse et politique. Je vois pour l'instant trois foyers exigeant une attention particulière sous ces deux angles : Nice, bien sûr, qui de nasse à anchois s'est transformée en panier de crabes ; la ligne de frontière avec la France, plus perméable à la maudite influence (vous en savez quelque chose) ; enfin ma chère Sospel, où l'on contrôle le trafic des marchandises, mais non celui des idées. Qu'en dites-vous ? »

Que peut dire Jouan, si ce n'est acquiescer ? Il se doutait obscurément de ce qu'il vient d'apprendre. Il n'a guère de philosophie que sa toute nouvelle puissance. S'il s'interrogeait, il s'étonnerait sans doute de ne pas avoir trouvé le bonheur, malgré ses succès. Mais que pourrait-il faire à présent ? Il s'agit de vivre. Et la vie lui semble être du côté du chanoine.

« Mais cela ne doit pas nous empêcher de nous divertir », reprend celui-ci. « Le théâtre rouvre ce soir. On annonce un opéra du *maestro* Paisiello. La première soprano est, paraît-il, très piquante. Allez-y ; préparez-vous, je vous rejoins dans le jardin. Du reste, si l'opéra était médiocre, le spectacle est parfois dans la salle : l'année passée, pour le bal de Carnaval, on a même vu une échauffourée entre officiers et bourgeois. En voulez-vous la raison ? Les uns préféraient la contredanse, et les autres le menuet. »

VII

Notre héros tombe amoureux. – Discours prophétique d'un aimable vicaire

Malgré son antiquité, son Sénat et sa situation superbe, Nice avant 1760 n'était qu'une grosse bourgade. Il avait fallu l'arrivée des Anglais puis des émigrés pour qu'au moment où se déroule cette histoire la ville atteigne à peu près vingt mille habitants. Le théâtre Maccarani, créé en 1775 et racheté par une société de quarante nobles, n'était qu'une petite salle en bois qu'on avait repeinte et dotée d'une *Loge royale*. Le premier acte venait de commencer quand le chanoine et Jouan firent leur entrée au parterre. Notre héros portait son habit de velours bleu, un jabot de fine dentelle, une perruque poudrée ; le chanoine (un brillant au petit doigt) était plus que jamais rose et replet. Dans la salle, une cohue de nobles, bourgeois et gens du peuple, les uns assis, les autres debout, papotait en attendant le premier air. Jouan admirait du coin de l'œil les balcons vert et or et les femmes qui s'y montraient (il entrait pour la première fois dans un théâtre), quand, dans le brouhaha qui se calmait soudain, il entendit une voix d'ange (lui sembla-t-il) qui s'élevait de la scène.

« Mais c'est ma belle inconnue de Sospel ! » se dit-il en se retournant, et son cœur se mit à cogner dans sa poitrine.

L'opéra fini, le chanoine se montra bonne pâte et, sur ses demandes pressantes, conduisit Jouan dans les coulisses. Giuditta, un peu lasse mais rayonnante, ne ménageait pas les amabilités à ses admirateurs ; elle connaissait la chanson et se débrouillait admirablement à ce jeu-là ; mais, quand l'abbé lui présenta notre héros, elle tourna vers lui ses longs yeux obscurs, sa gorge blanche, et le regarda en penchant un peu la tête… Des flatteries à l'usage d'une chanteuse, Jouan n'en avait pas à son répertoire. Il lui tourna un compliment sur sa beauté où se mêlait à la franchise le souvenir de quelques poésies amoureuses. Il ajouta simplement qu'il était très ignorant en matière de musique et qu'il viendrait la réentendre « pour mieux jouir de son talent »… C'était une phrase un peu osée (il s'en rendit compte un peu tard), mais elle en sourit, et lui aussi. Joyeuse dès qu'elle trouvait quelque âme où se refléter, Giuditta sembla touchée qu'un petit jeune homme à la fois si joli, si simple et si bien en cour (à ce qu'elle comprit) ait l'air ému. Jouan, de son côté, se débattait entre l'amour sentimental et la faim sexuelle. Giuditta ne le fit pas languir trop longtemps. Et, deux ou trois semaines plus tard, l'Hôtel des Quatre-Nations devenait le repaire de nos deux amants.

Aussi rouée avec certains que dénuée de fard avec d'autres, Giuditta parla beaucoup d'elle à notre héros, parla du chaste Filippo, de sa vie errante, de ses amours même, et Jouan dut bien des fois se mordre les lèvres sous des vagues de jalousie rétrospective. Mais il était tellement surpris d'avoir séduit une femme aussi belle, aussi courtisée – et qu'il aimait déjà à la folie –, que la moindre idée de la perdre le faisait redoubler de tendresse et d'ardeur. Entre un rapport pour le chanoine et un rendez-vous avec sa belle, il courait prendre des leçons de musique chez un *maestro* qui logeait dans la vieille ville, près de l'église Saint-Martin et Saint-Augustin. Il grimpait les escaliers quatre à quatre, un violon de poche sous le bras, en froissant des partitions. Le chanoine fermait les yeux, et même il semblait l'encourager.

« Une comédienne, c'est parfait », dit-il un jour à Jouan. « Ce sont des amours faciles, et, si ce n'est pour votre bourse, sans aucun danger », ajouta-t-il en souriant. Jouan pâlit un peu. Dans sa naïveté, il n'osait concevoir son attachement comme une passade. Il ravala sa colère et se replongea dans un mémoire sur la vallée de la Vésubie.

« Les Auda, les Thaon, les Passeroni ! dit le chanoine en évoquant les vieilles familles locales, voilà des gens comme il faut, et sur lesquels nous pouvons compter. La Vésubie est un axe important de notre système : les populations y sont fières et liées, à travers les montagnes, au Piémont des États de Sa Majesté. Certains notables, du reste, se rebellent déjà contre l'invasion des idées nouvelles... »

C'est dans ces jours-là que Jouan reçut une lettre de M. Barlet, le chirurgien de son village, qui lui disait : « Monsieur et cher ami, la santé de M. votre Père s'est brutalement délabrée. Je l'ai fait commodément installer à l'Hôpital de charité, où je surveille de jour en jour son état. Je ne suis pas inquiet, mais il serait bon tout de même que vous vinssiez le visiter, etc. » Le sang de Jouan ne fit qu'un tour. Il demanda congé au chanoine, et, dans la nuit, sautant sur un cheval, il galopa jusqu'à Saint-Martin. Au relais, il échangea son cheval contre un bon mulet et grimpa dans ses montagnes, où, malgré l'anxiété qui le rongeait à l'idée que son père était souffrant, il retrouva avec bonheur la fraîcheur des arbres et des eaux courantes. Deux heures après son passage à Saint-Martin, il poussa sa monture dans les yeuses qui bordaient un petit torrent. Sous l'ombre, il se jeta par terre, sur un tapis de feuilles jaunes parfumé de thym et, avec l'eau fraîche de sa gourde, il s'aspergea le visage et les bras. Il s'allongea ; il rêva ; il revit le visage de Giuditta qui lui souriait après l'amour. Il lui avait laissé un billet griffonné à la hâte. Il redoutait un peu sa réaction... Soudain, au bord de la rivière, à deux ou trois cents mètres, il vit deux hommes un peu louches, la gibecière en bandoulière, qui marchaient précautionneusement dans l'eau. Les larges bords mous de leur chapeau dissimulaient leurs visages. Jouan aperçut cependant la lueur brillante d'une lame à la ceinture du plus petit. Puis les deux hommes disparurent d'un coup dans les arbres. Jouan remonta en selle et reprit son ascension.

Depuis son départ, rien n'avait changé au village. On attendait chaque jour des nouvelles de Toulon, Marseille et même Paris, nouvelles qui, comme on l'a vu, transitaient par Grasse ou Castellane, et, malgré le relatif apaisement, chacun s'inquiétait du tour que prenaient les affaires de France. À peine Jouan parut-il sur la place qu'on le fêta : l'aubergiste, le consul, des paysans, un jeune diacre, son cousin Louis, le notaire public, tous voulurent lui serrer la main et le rassurer sur la santé de son père. Le soir tombait, l'air transportait des parfums de fleurs mêlés à des odeurs de cuisine et de troupeaux. Jouan (priant Dieu de ne pas croiser Nanette) courut à l'Hôpital de charité. Il y trouva son père alité dans une petite salle chaulée où l'avait installé M. Barlet. Jean-César Dauthier avait été victime de ce qu'on appellerait aujourd'hui une crise cardiaque. C'était une alerte, mais sans gravité. Simplement, pour un homme de sa condition et de sa robustesse, l'entourage s'inquiétait. Le village comptait à peine un millier d'âmes, et, malgré les inimitiés et les vieilles rancœurs, la solidarité l'emportait. Jouan le trouva pâle et amaigri.

« Ah, te voilà, mon garçon », dit le vieil homme (il avait soixante-cinq ans à peine), couché sur sa paillasse, la tête relevée par les coussins. « Mais que te voilà beau, pardieu, le visage imberbe et les cheveux frisés !… On dirait presque que tu as fait fortune…

— Ne vous moquez pas de moi, mon père, dit Jouan. Il est vrai que vos relations m'ont été fichtrement utiles. – Mais parlez-moi de vous, de votre santé.

— Dieu m'en garde, dit son père. Je vais bien. Et du reste, je vais rentrer à la maison… »

C'est ce qu'il fit dès le lendemain.

Les deux servantes et Pascalin veillèrent à lui préparer un bon lit dans la salle commune. Bien que la chaleur d'été se fît sentir, Jouan se réjouit que, du fond des écuries, sises deux étages au-dessous, monte, avec les bêlements, la chaleur des bêtes. Les maisons de la région sont connues pour être bâties tout en hauteur. Les actes notariés de l'époque précisaient d'ailleurs que tel quidam vendait sa maison « de bas en haut »… Son père, calé dans les coussins, s'était tu ; il respirait paisiblement, et, sous l'effet d'un verre de vin qu'on lui avait servi, son teint commençait à refleurir. Jouan allait et venait entre un coffre de chêne, un gros fauteuil et une couple de rapières. Il avait soulevé une cruche vernissée, épousseté d'un souffle un petit cadre doré, observé sans le voir le portrait de son grand-père (cheveux frisés, col de dentelle pour l'occasion) qu'avait peint vers 1730 un artiste niçois de passage, s'était assis à la grand-table, puis relevé, s'était rassis, relevé. De temps à autre, il se saisissait de l'une des deux épées, esquissait une fente, puis reposait l'arme et reprenait ses allées et venues.

« Va prendre l'air, lui dit son père. Tu t'ennuies déjà et tu as besoin de bouger. Moi, c'est tout le contraire… » dit-il en souriant.

Jouan sortit. Ses pas, sans qu'il y songe, l'entraînèrent vers le presbytère. Il toqua. Le vicaire en personne lui ouvrit. C'était un bel homme vieillissant qui, visiblement, n'avait pas abusé de la dîme féodale et des cadeaux en nature de ses paroissiens. Malgré une légère bedaine, il était encore bien droit et son teint marquait davantage les privations que les excès, fréquents chez ses confrères.

« Ah, mon fils, dit-il, te voilà !

— Oui, mon Révérend. Je suis revenu quelques jours pour assister mon père.

— Je sais, je sais, dit le prêtre, mais viens donc. Allons marcher : le temps est doux, profitons de ce soleil couchant. »

Le village avait deux châteaux. Le plus bas, posé sur un piton comme un aigle sur son aire, abritait encore un petit arsenal (de vieilles hallebardes, deux petits mortiers, quelques fusils) et un caporal, qui depuis sa nomination, trente ans plus tôt, n'avait jamais rien eu à faire qu'à conter fleurette à la femme du boulanger et aux nourrices qui, pour quelques sols de France, élevaient une marmaille de petits bâtards de Grasse. Dans la capitainerie, on gardait précieusement le siège en X où, cent ans plus tôt, le duc Victor-Amédée II s'était assis pour recevoir aimablement l'hommage des villageois. Son Altesse royale visitait alors les frontières de ses États, de nouveau menacées par le roi de France, et encourageait les milices paysannes dont elle connaissait la fidélité. Son Altesse, après les consuls et le bailli, s'était entretenu avec le vicaire, et lui avait familièrement demandé une tranche de pain et un verre de vin. Le duc n'avait rien accepté de plus. Sans doute était-ce un geste diplomatique, mais cette simplicité n'avait pas manqué de plaire aux villageois. – Quant au château haut, beaucoup plus vaste et plus ancien aussi, bâti sur un redan de la montagne, ce n'était déjà presque plus qu'une grande ruine mangée par les chênes verts et les pins. Jouan et le vicaire s'assirent sur un petit banc de mousse. Le ciel était clair et paisible, la lumière faisait briller de légers nuages sur les confins de France, là-bas, vers Gars et Soleilhas, où la rivière prenait sa source. Au sud, la montagne dévalait à pic avec ses forêts de chênes verts jusqu'au bord de la rivière où tremblaient des mûriers, des aulnes, des peupliers noirs. Du côté du Piémont, malgré la lumière qui régnait autour d'eux, c'était un ciel de velours bleu sombre.

Jouan n'avait pas l'habitude de se livrer. Comme tous les campagnards, il était pudique et peu enclin à parler de ses émotions ; les leçons du chanoine et la fréquentation de la bonne société niçoise l'avaient encore renforcé dans ce quant-à-soi. Mais il avait vécu un tel bouleversement en si peu de mois qu'il sentit soudain le besoin de se confier. Il fallut peu de temps pour qu'il raconte tout, ou presque, au bon vicaire. (Ici le narrateur ouvre une parenthèse pour dire quelques mots sur la hiérarchie ecclésiastique : le vicaire était le chef de la paroisse, et l'on appelait le curé son *secondaire.* Venaient ensuite les diacres et les sous diacres. Ajoutons que, dans le pays de Jouan, le vicaire était forain, car il régnait sur un doyenné de sept paroisses. Et refermons la parenthèse.) Jouan, donc, se mit à parler, et d'abondance. Il n'eût jamais osé en raconter le quart à son père. Le *Révérendissime Seigneur Vicaire*, comme on disait alors dans les actes officiels, en avait entendu d'autres : il écouta sans rien dire en hochant doucement sa belle tête, et il ne révéla rien de son inquiétude lorsque, entraîné par son récit, Jouan en vint à parler de Giuditta. Le prêtre comprit très bien que le jeune homme était sérieusement épris et que toute mise en garde serait aussi vaine que malvenue. Il se contenta de dire en souriant :

« Voilà qui ne ferait guère plaisir à Nanette si elle venait à l'apprendre…

— Mais… dit Jouan.

— Mais elle ne saura rien, Dieu merci. Continue, mon fils, je suis tout ouïe…

— Rien, je n'ai plus rien à dire, mon Révérend…

Une brise passait dans les arbres ; une vache meugla ; quelque part, un lièvre ou un petit chevreuil effrayé fit craquer des buissons en détalant. Le ciel était maintenant d'un rose sombre vers la France et d'un noir brodé de lueurs vers l'Italie. Le bruit du torrent grésillait au loin dans la vallée.

— Mon fils, reprit le vicaire, ta brusque ascension a beau n'être due (en apparence) qu'au hasard ; elle ne m'étonne qu'à moitié. Tu as les qualités pour te pousser, comme on dit. Et qui t'en voudrait de quitter ces montagnes pour épouser un monde nouveau ? Mais il y a cela de curieux que cette mutation dans ton état se produit au moment où notre monde tremble sur ses bases. Je me garderai de te donner le moindre conseil ; je me contente de te faire part de mes réflexions. Ce que t'a dit le chanoine Alberti sur les affaires de France n'est que trop vrai : l'Église est malmenée, elle sera bientôt persécutée ; et nous ne savons pas jusqu'où ira ce mouvement, cette quasi-révolution dont (entre nous soit dit) l'on peut comprendre les raisons. Le bon roi Louis XVI n'a rien à voir là-dedans, lui qui vient d'être contraint, le malheureux ! d'approuver la Constitution civile du clergé. Cependant, que d'injustices, que de misères, que de scandaleuses fortunes là-bas !… Nous sommes pauvres dans nos montagnes, mais aucune richesse ne s'y étale ni n'écrase le petit peuple. Je n'en frémis pas moins du mal qui peut naître de cette soif de bien. J'imagine déjà tant d'émeutes, de méfaits, d'atrocités même, commises au nom du *Bonheur commun*… À Antibes, l'autre jour, pour la fête de *La Fédération*, le maire a déclaré pompeusement (je te cite ça de mémoire) que « les fastes de l'histoire ne peuvent offrir un spectacle plus imposant que celui d'une nation qui, après avoir langui pendant des siècles sous le joug de l'oppression, vient de *recouvrer* les droits imprescriptibles de l'homme, la liberté et l'égalité » ?… Mais où ces pauvres fous sont-ils allés chercher que les hommes ont jamais été libres et égaux ? Certes, ils sont assez libres, par la grâce de Dieu, pour se distinguer des bêtes et pouvoir ainsi reconnaître Notre-Seigneur ; et ils sont égaux devant Dieu, sans aucun doute ; cela, l'Église le dit depuis toujours. Mais quand M. Rousseau, leur philosophe, écrit froidement : « L'homme est né libre, et partout il est dans les fers », est-il aveugle ? Quel homme commande à sa taille, à la couleur de ses yeux, à la nation où il naît ? Qui choisit ses ancêtres, ses parents, sa langue maternelle, ses voisins ? S'il était absolument libre, mais l'homme serait Dieu ! Et l'on voit mal, ajouta le vicaire avec un petit rire, comment un Dieu supporterait d'avoir autant d'égaux… Je reconnais que même nous, hommes d'Église, nous avons souvent prêté la main aux puissants, que beaucoup d'erreurs doivent être corrigées, beaucoup d'injustices réparées, beaucoup de malheureux soutenus, encouragés, sauvés. Je reconnais que l'inégalité devant l'impôt, la vénalité des charges (des maux purement français, note-le) sont immoraux, et même insoutenables. Mais crois-tu que les beaux prêcheurs de cette liberté *recouvrée*, comme ils disent, s'en tiendront là ? Ils dilacèrent les évêchés, découpent les provinces en départements, les sénéchaussées en districts, les corporations en ramas d'ouvriers ; des prêtres, ils font des fonctionnaires – ou de malheureux fuyards, déjà malmenés, parfois tués ; ils martèlent les écus au fronton des portes, incendient des châteaux, et tu verras qu'ils finiront par couper la tête à leur roi !... »

Jouan, stupéfait, regarda le vicaire. Qui l'aurait observé n'aurait remarqué aucune exaltation chez le bon prêtre ; tout au contraire : il gardait les yeux bas et parlait d'une voix un peu tremblante mais calme.

« Ne va pas croire pour autant que j'adhère au *réalisme* de M. l'abbé Alberti, dit-il à Jouan. Sais-tu que je suis en titre chanoine de la collégiale de Sainte-Réparate ? J'y suis arrivé protégé par le vicaire-général de l'époque. Il a suffi que ce dernier soit appelé à Turin trois ans plus tard pour que mes collègues, ces pieux bonshommes, me criblent de flèches tout en me faisant les yeux doux, persuadés d'être de bons chrétiens. Je me suis enfui, laissant là mes prébendes, écœuré par les manigances et les jalousies. Voilà un aveu qui te prouvera combien je t'aime et me fie à toi. J'ai été bien fortuné que Sa Majesté daigne me rendre cette cure. J'ai du reste attendu que le bénéficiaire s'en aille : je ne voulais prendre la place de personne. Tout prêtre que je suis, je ne suis pas assez saint pour partir sur les routes évangéliser le peuple. Car c'est de cela qu'il s'agit. Que ne sont là les bons saint François de Sales et M. Vincent ! Ils ne manqueraient pas de travail, en France et bientôt dans toute l'Europe, tu verras… »

Le lendemain, Jouan dut affronter Nanette. Il l'attendait, et, quand on toqua à la porte, il alla courageusement ouvrir en personne. Elle avait croisé sur sa poitrine un joli fichu d'indienne. Elle était là, avec ses grands yeux clairs, ses joues fraîches, son regard plein d'espoir :

« Tu es rentré ? lui dit-elle.

— Oui, mais… pour peu de temps.

— Ah !… »

Et les yeux de la petite se voilèrent de tristesse.

« Viens, lui dit Jouan, allons nous promener, veux-tu ? »

Il lui prit la main et ils descendirent vers la rivière. Il était tôt, la fraîcheur régnait encore sous les chênes ; ils passèrent le grand abreuvoir, les dalles mangées de perce-pierre aux fleurs blanchâtres, la ferme des Castel à l'ombre d'un micocoulier haut comme un palais de Gênes, et dévalèrent la sente jusqu'au gravillon de la plage, sous les vernes qu'agitait la brise.

« Tu ne m'as pas écrit, dit la petite.

— C'est vrai, dit Jouan, en rougissant, mais j'ai eu

tant à faire ! Et je passe mes journées à écrire pour ce maudit chanoine qui m'a pris sous sa protection...

— On dit en effet que tu vas devenir un grand homme...

— Ne plaisante pas, Nanette ! Je ne suis qu'un petit secrétaire, pris dans une nasse de grands seigneurs et d'espions. On s'imagine peut-être que je roule carrosse, mais c'est faux. Tu sais comment vont les bruits à la campagne. Ce qui est vrai, c'est que, du fait de ma position, je commence à redouter les effets de ce qui se passe en France...

— Oui, dit la jeune fille, ma tante de Cipières nous a écrit qu'elle était inquiète. Il paraît que les *brigands* parisiens se déchaînent chaque jour davantage... Mais dis-moi : tu ne cours aucun danger, au moins ?...

Jouan, qui résistait aussi mal à sa culpabilité qu'à la douceur qu'instillaient en lui les grands yeux de Nanette lui avait saisi la main et la rassurait en la caressant.

Ah, comme il était malheureux, notre héros ! Et comme Nanette était jolie !...

VIII
Ce qui se passe quand on délaisse imprudemment une amante

Dormant encore à demi, Giuditta chercha de la main le corps de son amant. Sa main ne trouvant rien (Jouan disparaissait souvent à l'aurore), elle replongea dans un sommeil paisible et ne s'éveilla que deux heures plus tard. Elle retira son petit bonnet (ses boucles noires cascadèrent), s'étira paresseusement, et, pour finir, elle se leva, alla se rafraîchir au broc d'eau sur la coiffeuse, s'observa dans le miroir, et, satisfaite, ouvrit les jalousies du balcon. Il était près de onze heures et, malgré la chaleur montante, la ville était très animée. Au coin de la rue, la vieille brocantait de la quincaillerie ; de l'autre côté, le marchand de *socca* (une galette de farine de pois chiche, très en faveur à Nice) avait arrêté sa petite charrette et débitait ses dernières portions. Deux grenadiers de Piémont, suant déjà sous le shako, le fusil sur l'épaule, marchaient en rigolant ; de temps à autre, d'un geste preste, le sous-officier roulait de la main ses moustaches. Plus loin, des enfants misérables, mi-mendiants mi-voleurs, traînaient d'un air sournois dans le ruisseau. Des boutiquières, des mitrons, des apprentis se pressaient; quelques nobles français, l'air dédaigneux, marchaient précautionneusement à l'ombre pour ne pas altérer leur beau teint blanc. Giuditta regardait tout, amusée, plaignant les uns, se moquant des autres, quand on frappa à la porte.

La femme de chambre qu'elle avait engagée à son service (une enfant maigre, vilaine, éperdue de jalousie devant la beauté de Giuditta) lui tendit un petit billet cacheté.

« Merci », lui dit Giuditta. « Apporte-moi donc une tasse de chocolat et deux de ces biscuits de Gênes que j'ai goûtés l'autre jour.

— Oui, Mademoiselle, lui répondit la fillette, qui s'attardait.

— Va, va », dit Giuditta.

Elle regarda le billet, reconnut l'écriture, et déchira aussitôt le pli.

« Mon amie, écrivait Jouan, j'apprends non sans crainte que mon père est souffrant: je pars dans un quart d'heure. Je reviens sitôt que je le pourrai. N'oubliez pas que je suis votre, etc. »

Giuditta pâlit.

« Quoi! » s'écria-t-elle. « Il part sans rien me dire! Sans me voir! Et me fait remettre un billet de trois mots! Mais quelle désinvolture!... » Et elle tournait irritée dans la chambre. « *Mon amie!* Mais je rêve ! Lui qui me trouve d'ordinaire tant de noms charmants !... » Et, à mesure qu'elle allait tournant et retournant entre les fenêtres et la cheminée, sa colère augmentait. « Comment ! Je me laisse aimer par ce petit blanc-bec à peine arrivé de sa campagne, je me laisse courtiser, je me donne à lui, nous filons le parfait amour, et le voilà qui disparaît sous le prétexte que son père est souffrant ! Mais qui n'a pas un père souffrant ? » (Ces mots étaient de la dernière mauvaise foi, le père de Giuditta se portant comme un charme.) « Ah, ça ne se passera pas comme ça ! Quel insolent, quel malappris, quel cochon !... *Ma va' in mona de to mare, mascalzone !...* (Et là le narrateur ne traduira pas, car le vénitien, si zézayant, si roucoulant, le plus amoureux des dialectes d'Italie, possède aussi un répertoire de la pire grossièreté.)

Depuis qu'il a l'a vue descendre de la malle poste de Sospel, le lecteur sait que Giuditta est un caractère étrange : aussi tendre qu'impétueuse, elle est généreuse, élégante, mais aussi méprisante, explosive, et une expression bien verte ne lui fait pas peur. Les comédiennes sont ainsi. La voilà donc furieuse contre le malheureux Jouan, dont le billet n'a pourtant rien de blessant. Sans doute est-il un peu sec, un peu convenu, mais notre héros est parti en toute hâte, et peut-être n'a-t-il pas voulu exprimer sa passion, craignant de mettre trop à nu ses sentiments et, partant, sa dépendance amoureuse... Mais cela, Giuditta ne le comprend pas, non par manque d'intelligence, mais parce qu'au fond elle cherche un motif de querelle. Elle-même est en train de s'éprendre de notre petit héros et ne veut pas se l'avouer ; elle sent sa liberté lui échapper et se rebiffe.

Mais, soudain, Giuditta se calme. Ce soir, elle est attendue : elle doit chanter quelques ariettes chez le baron de Saint-Albert, lequel donne une fête dans ses jardins du mont Gros, fête qui sera couronnée par un feu d'artifice. Ce n'est vraiment pas le moment, pense la jeune femme, de se brouiller le teint et de se gâter la voix. – La saison théâtrale est finie, et le baron est un nouveau venu pour le lecteur, mais pas pour Giuditta, que le *gentilhomme* a suivie toute la saison et qu'il courtise. Ce membre très secondaire mais très riche de la notabilité niçoise est un homme corpulent mais encore brut comme un paysan, avec deux petits yeux couleur groin de cochon plantés près d'un nez un peu long, qui lui donnent un air faux ; sous sa perruque grise, il est à demi chauve. Bien qu'ayant passé depuis beau temps la cinquantaine, il est doté d'un solide appétit amoureux, et, aussi dur que tenace, il compte bien conquérir notre belle comédienne, laquelle, jusqu'à présent, a su esquiver ses attentions. À dire vrai, le bonhomme la dégoûte un peu, et elle n'est pas du genre à se donner par intérêt.

Saint-Albert, baron de fraîche date, avait si bien transformé l'une de ses vieilles fermes qu'on aurait dit un palais de campagne : crépie de rouge, percée de quatorze fenêtres aux encadrements peints (« Ça fait de l'effet, disait le propriétaire, et ça ne coûte rien »), la villa conduisait par une longue allée rythmée de pins et de vases jusqu'à une gloriette qui dominait au loin le port et la mer. Les musiciens – deux violons, une flûte traversière et une épinette – s'y tenaient déjà. Autour, c'était comme un théâtre de verdure, que meublaient des bancs de marbre et des sièges à l'anglaise, au dossier en coquille peint en fausse nacre – ce qui, pour Nice, était du dernier chic.

Giuditta fit son apparition dans une robe à la française, sans paniers, de couleur verte, rebrodée de gracieux motifs roses et de perles, sur lequel elle portait, à la dernière mode, un casaquin de soie légère d'un rose sombre frappé de grandes fleurs ; un large chapeau plat, enrubanné de noir, légèrement penché, et au bout des doigts une fine canne, presque une badine, achevaient cette silhouette charmante, qui s'avançait lentement dans l'allée, en souriant d'un air un peu hautain au baron qui lui donnait le bras. Les hommes, ébahis, s'étaient tus ou murmuraient entre eux ; ceux qui la connaissaient la saluaient non sans respect ; les femmes se demandaient comment diable une *saltimbanque* pouvait avoir une telle grâce. Il y avait là toute la bonne société, niçoise et provençale, restée en ville et quelques gros bourgeois que leur fortune rendait bien utiles à une noblesse qui avait parfois besoin de liquidités. – Giuditta quitta le bras du maître de maison, tendit sa badine à un domestique, et prit place avec un air un peu négligent sous la gloriette. Elle jeta un coup d'œil aux musiciens et les deux violons attaquèrent. Elle chanta d'abord «*Nel cor più non mi sento*» de Paisiello, qui avait eu tant de succès durant la saison, puis la mélancolique cavatine de *Nina o La pazza per amore.* Dans le ciel dont le bleu virait doucement au noir, enveloppée dans le parfum des trompettes des anges et des clématites, à la lueur tremblante des flambeaux qu'on allumait dans les bosquets, cette voix divine émut presque un auditoire plutôt frivole. Le baron, quant à lui, sous une apparence tout à fait froide, mourait de concupiscence. Giuditta changea de registre en donnant un petit *lied* assez gai de Mozart (un nom connu à Turin ; les Niçois, eux, se regardaient d'un air interrogateur) et termina par un grand air italien à pirouettes, un air bouffe qui fit fureur dans le public. Pendant que les conversations reprenaient, le baron, à demi mort d'amour mais toujours impassible, dit à Giuditta :

« Vous avez besoin de vous rafraîchir, ma chère. Venez que je vous accompagne ; j'ai tout prévu pour votre *comfort.* » Il la prit galamment par la main (les doigts de Giuditta se crispèrent un peu) et la conduisit dans une petite antichambre tapissée de chinoiseries. Il y avait là deux beaux miroirs, et, sur un guéridon, une grande bassine de faïence, un broc d'eau fraîche, et des serviettes. « Laissez-moi vous aider », dit le baron, et, sans attendre de réponse, il dégrafa prestement le casaquin de Giuditta, qui se retrouva soudain en décolleté. Sur un ton mi-irrité mi-badin, elle dit: «Allons, mon cher baron, je ne suis ni si vieille ni si malhabile que vous dussiez m'aider... Trempez donc une serviette dans cette bassine et passez-la moi! Et puis disparaissez, mauvais sujet!» ajouta-t-elle en riant. Le baron regardait cette gorge blanche et gonflée, et, au lieu de tendre la serviette à la jeune femme, il voulut lui-même lui rafraîchir le col. La petite main de Giuditta l'arrêta brusquement.

«Allons, baron, vous êtes trop bien éduqué pour *forcer* une dame de mon état comme une petite paysanne, dit-elle sans cesser de sourire.

— À Dieu ne plaise, dit Saint-Albert sans rougir, mais vous savez quelle inclination j'éprouve à votre endroit. Au vrai, ma passion pour vous est extrême, et j'en souffre depuis des mois. Enfin que puis-je faire pour vous plaire?... Je ne vous ferai pas l'injure de vouloir vous acheter. Mais je puis au moins vous témoigner de mon servage! Voulez-vous un pavillon dans mes jardins? Une garde-robe de princesse? Des domestiques?... Voulez-vous que je vous recommande à Gênes? Le marquis Spinola m'honore de son amitié. À Turin? Je manderai demain une lettre au grand écuyer de la cour...

— Avez-vous oublié, baron, que je viens de Turin, et que j'ai chanté au Théâtre royal? Quant à Gênes, j'y suis engagée pour la saison prochaine... Je n'ai nul besoin de vos recommandations!

— Pardon, chère amie, l'amour me fait dire des sottises, dit le vieux roué. Allons, je vais vous faire une dernière et bien extraordinaire proposition : moi qui suis un affreux célibataire, tenez, je vous offre ma main : vous serez baronne !… » Et, ce disant, il saisit la taille divine de notre diva et tenta de l'embrasser.

Giuditta tourna brusquement la tête ; elle était pâle, très irritée ; elle repoussa le bras du baron qui l'enlaçait et lui dit d'un air froid :

« Monsieur, je ne veux pas de vous. Et à aucun prix. Est-ce assez clair ?

— Ah, c'est ainsi ? » dit l'autre, humilié, et il claqua sèchement dans ses mains.

Un estafier parut à chacune des deux portes. Ils étaient grands, affreusement barbus, et l'air terrible.

Giuditta n'eut pas longtemps à se défendre. Tandis que les deux types la maintenaient solidement, le baron lui appliqua sur le nez et la bouche un chiffon imprégné d'opium et de jusquiame. Elle perdit connaissance.

Elle se réveilla quelques heures plus tard, un peu endolorie et comme ivre. Le baron ne l'avait pas violentée, mais il l'avait enfermée. Elle se trouvait dans une sorte de vaste cave sans fenêtre, éclairée par un petit puits de lumière grillagé à trois ou quatre mètres de hauteur. La cave était fraîche, par bonheur, et assez bien meublée. Sur les murs nus et gris se détachaient non seulement le lit de repos sur lequel Giuditta venait de se relever, mais une coiffeuse en marqueterie avec sa chaise, et un paravent ; de l'autre côté de la pièce, on voyait une jolie *radassière* paillée dont les coussins étaient assortis au paravent, un fauteuil et une table bouillotte. En somme, la cave tenait de la chambre et du boudoir. Sur la table, il y avait un flambeau, un petit plateau de victuailles et un carafon de vin…

La porte s'ouvrit, et le baron parut.

«Je suis navré de vous revoir dans ces conditions, ma chère, dit-il à Giuditta. Mais je vous rassure, si besoin était: on ne vous a fait aucun mal. Simplement, un petit séjour au frais m'a paru des plus salutaires pour votre santé morale. J'espère qu'un peu de solitude saura vous attendrir l'âme… Ne cherchez pas à fuir: il n'y a pas d'issue. Ne cassez pas votre jolie voix en hurlant: on ne vous entendrait pas. Vous êtes dans une ancienne citerne creusée dans le roc, citerne que j'ai condamnée, tout en ménageant des conduits pour la circulation de l'air: elle est saine et vous n'y courez aucun risque, sachez-le. Il ne me reste plus qu'à vous faire apporter quelques livres, vos partitions, voire une épinette, si vous vous obstinez, et nous prendrons patience en attendant vos progrès… Sur ce, je vous présente mes respects», dit le baron avec un petit sourire en s'inclinant légèrement.

Et il disparut.

Cependant, au village, Jouan se débattait dans toutes sortes de sentiments contradictoires. Et d'abord le silence de Giuditta l'inquiétait; c'était même son principal souci. Il lui avait écrit deux fois, sans recevoir aucune réponse. Et, désespéré, il songeait même à envoyer Pascalin en personne jusqu'à l'Hôtel des Quatre-Nations. Par ailleurs, ayant renoué son *amitié* avec Nanette il avait l'impression de trahir et son amante et la jeune fille ; bien qu'il fût un peu volage, il en avait fort honte… N'était-il pas temps enfin de rentrer auprès du chanoine Alberti ? Les quinze jours de congé qu'il avait demandés étaient écoulés : on risquait de l'oublier, ou de le remplacer… Bref, son père allant décidément mieux, Jouan se décida à aller le trouver. Le vieil homme, de noir vêtu, son tricorne sur la tête et sa canne entre les jambes, se reposait à la fraîche dans le jardin.

« Mon père, dit Jouan, si vous le permettez, je vais retourner à Nice…

— Non seulement je te le permets, mon garçon, mais je t'y engage ! Je ne me séparerai pas de toi sans un peu de chagrin (et là le bonhomme se fourra dans le nez une pincée de tabac) mais je suis tout à fait rétabli, et le chanoine Alberti t'offre une occasion inespérée de faire carrière. Si tu pouvais même te pousser un peu du côté de la cour de Turin, j'en serais bien aise. Ton frère Honoré fait ses affaires à Lyon ; cela est bien. Mais tu sais que la dot de ta sœur a mis à mal mes finances. Je n'aimerais pas que, quand je serai *passé à meilleure vie*, tu brades ces terres qui sont à nous depuis des siècles, ou qu'elles tombent dans les mains de ton cousin Louis, qui est un brave garçon, mais de la branche cadette de la famille. Enfin que cela ne t'empêche pas d'aller ton chemin.

Tout au contraire ! D'autant que je redoute chaque jour davantage le tour que prennent les événements de Paris. Je ne sais si c'est l'âge, mais tout m'inquiète ; et je me demande combien de temps nos clues et nos montagnes défendront la paix de nos villages… Je me suis livré à un petit exercice statistique, et je me suis aperçu que tous les cinquante ans environ la guerre vient ravager nos provinces. Fais le calcul : si c'est une fatalité, nous sommes bien proches du terme… »

— Dieu nous en garde, dit Jouan, mais le fait est que la situation empire : je suis bien placé pour le savoir. Alors, avec votre permission, je prendrai Hermine jusqu'à Saint-Martin ; et je vous la ferai renvoyer par un garçon de poste.

— Sois sans crainte, je ne monte plus guère, et Grimaud est là en cas de nécessité. Va, mon fils, va !

Jouan embrassa M. Dauthier et courut rouler son portemanteau. Il alla baiser la main du Vicaire, lequel lui dit : « Mon fils, tu ne t'es pas confessé, je ne puis donc t'absoudre de toutes tes petites incartades… » Et là il sourit légèrement. « Mais je puis au moins te bénir », et, ce disant, il traça le signe de la croix sur le front de notre héros. « Je dirai pour toi une neuvaine à saint François de Sales. Et que Dieu te garde en paix !… » ajouta-t-il.

Jouan, dévalant la rue jusqu'à l'écurie, sella lui-même la belle Hermine ; s'il ne la lança pas au galop, il la poussa vivement des talons et, lui prodiguant des mots tendres, il s'enfonça dans la forêt prochaine.

IX
Par quels moyens l'on retrouve parfois ce que l'on a perdu

Jouan galopait le long du Var. Les pentes herbues ne dissimulaient qu'à moitié le cours du fleuve, encore haut malgré la saison et qui couvrait des gravières le plus souvent à sec. Arrivé à hauteur du gué qui faisait office de frontière, il vit au loin des soldats français qui houspillaient des voyageurs. « Les canailles ! » pensa-t-il ; et il serait peut-être intervenu si l'amour ne l'avait pas entraîné dans le sens exactement opposé. « Du reste, se dit-il, ces gens ne sont pas tous mauvais ; il y en a même de plus en plus qui désertent pour nous rejoindre... » Et il poursuivit son chemin à bride abattue. Il passa en coup de vent la Croix-de-Marbre et la maison du comte Alberti. Son cheval soulevait des nuages de poussière, et, comme il manquait une ou deux fois renverser quelques passants, il se fit insulter de la belle manière en nissard. Qu'importe ! Il n'avait en tête que Giuditta ; et, en lui, une angoisse mortelle le disputait à l'espoir délicieux de la retrouver.

Hélas, à l'Hôtel des Quatre-Nations, l'aubergiste, sans presque le regarder, lui dit que la jeune femme était partie quinze jours plus tôt, et sans prévenir, sans laisser la moindre adresse. Un portefaix était venu le lendemain régler la note de la demoiselle et déménager sa garde-robe. L'hôtelier avait aussitôt loué le petit appartement qu'elle occupait à un émigré fraîchement arrivé du Comtat-Venaissin. Jouan avait pâli. Il sortit, traîna son cheval par la bride jusqu'au bord du Paillon, erra la tête vide, le cœur en déroute. Où pouvait bien se trouver Giuditta ? Soudain l'idée lui vint d'aller interroger sa modiste. La grosse boutiquière, d'ailleurs aimable, et attendrie peut-être par ce jeune homme poussiéreux mais charmant, aurait bien voulu l'aider, mais elle avait vu Giuditta pour la dernière fois trois semaines plus tôt : « Elle m'a commandé un joli chapeau plat et enrubanné de rose et de noir ; elle en avait le modèle en tête ; quelle artiste ! Savez-vous qu'elle m'avait donné deux billets pour l'entendre chanter ? Oh, quelle voix ! Quel talent ! Et comme mon homme (qui s'ennuie tant d'ordinaire) était heureux !… »

Jouan la remercia et sortit aussi vite. Il courut au théâtre, courut place Victor, grimpa sur le Palco, même au Gesù (car elle y priait parfois), partout où il aurait pu croiser Giuditta ou rencontrer quelqu'une de ses connaissances. Mais rien. Les Anglais avaient quitté la ville depuis un mois ; les Niçois s'étaient réfugiés dans les collines ; et les émigrés français se terraient dans leurs caves ou dans d'interminables parties de trictrac chez leurs parents du Comté. Jouan pensa aux deux seuls amis qu'il s'était faits depuis son arrivée à Nice, Gioffredo, fils d'un marchand qui négociait avec Gênes et le Levant, et Cecchino (son père était un pauvre marin pêcheur génois), qui vivait à deux pas du port. Mais qu'auraient-ils pu savoir, ces deux pauvres garçons ?

Il rentra chez le colonel Alberti. Il monta jusqu'à son appartement, changea de linge, quitta ses bottes poussiéreuses pour une paire de bas et de souliers à boucle, et alla se présenter sans gaîté au chanoine.

« Mais quel air déconfit ! » s'écria ce dernier. « Que se passe-t-il donc ? Votre père est bien remis, n'est-ce pas ?

— Oui, oui, Monsieur, il va bien, je vous remercie.

— Mais alors, cette mine abattue, ces yeux bas, cette moue ? Que se passe-t-il, Dauthier ?

— J'éprouve quelque honte à vous l'avouer, M. le chanoine…

— Dites, mon ami.

— Eh bien… La… ma… la… Enfin… ma maîtresse a disparu !

Le chanoine étouffa un éclat de rire.

— Je vois, je vois », dit-il d'un air compatissant. « Vous êtes ardent, amoureux à vous damner (si je puis dire), tout cela est de votre âge. Allons, expliquez-moi tout sans rien cacher, et peut-être pourrai-je vous aider, comme je l'ai fait jusqu'à présent. »

Jouan ne tut rien qui pût servir à retrouver Giuditta. Non sans rougir, il évoqua Filippo et son amour platonique, le comte de Venanson, chez qui sa belle avait logé en arrivant à Nice, énuméra les admirateurs de la comédienne (ils étaient nombreux), parla de son engagement au théâtre de Gênes pour la saison prochaine…

« Comment s'appelle l'avocat turinois ? lui demanda le chanoine.

— Filippo Cortesi.

— Je ne crois pas que ça nous sera très utile, mais commençons tout de même par envoyer un *exprès* à ce monsieur. Je le tournerai de sorte qu'il ne s'inquiète pas et ne vienne troubler vos amours.

— Quoi ! dit Jouan, vous êtes donc si sûr de la retrouver ?

— Je n'en doute pas, mon jeune ami. Je ne sais plus qui a dit qu'un général qui part pour la bataille en *espérant* qu'il vaincra a déjà perdu. Je pars rarement au combat, mais c'est toujours en vainqueur ! » Et le chanoine sourit de son air le plus doux.

(« Quel démon ! » pensa Jouan. Et il regretta aussitôt sa pensée en songeant que sans l'abbé il serait proprement perdu.)

Le chanoine s'était tourné vers un petit dos-d'âne ; il leva la tête comme pour rassembler ses idées, trempa sa plume et jeta quelques notes rapides au dos d'une lettre qui traînait là.

« Bien. D'ici demain, nous saurons déjà si elle est dans les parages.

— Demain !

— Oui, demain. Évidemment, si elle est à Turin ou à Gênes, ce sera plus long… Mais guère plus, si du moins elle n'a pas quitté nos rivages pour la cour du Grand Turc… – En attendant, Dauthier, allez travailler ; il n'y a pas de meilleur remède au désespoir. Voici deux liasses de rapports. Tout va bien à Monaco (les Français y haïssent la Convention) et dans la vallée de la Vésubie, mais cela se gâte du côté du Var et de Puget-Théniers. Triez les bons prêtres et dressez-moi la liste de ceux qui seraient prêts à trahir comme le curé Audoly de Roquesteron, réfugié en France, qui vient de dénoncer au *directoire* de Grasse les fidèles abbés Garrel et Isnard. Tâchez au moins de connaître les sentiments intimes des notables de village. C'est sur eux que nous pourrons compter ; et si nous les décevons, ils ne tarderont pas à se tourner vers cette France *nouvelle*. Sachez d'ailleurs que Mgr Pisani de La Gaude est de plus en plus menacé à Vence. Il résiste admirablement, mais jusqu'à quand tiendra-t-il ? Je ne serais pas étonné de le voir se réfugier à Nice d'ici peu en compagnie de M. de Prunières, l'évêque de Grasse… »

Jouan redescendit à son appartement un peu rasséréné. Et, suivant les conseils du chanoine, il se plongea dans son travail.

Le lendemain après-midi (il devait être cinq heures), le chanoine lui envoya son domestique. Jouan monta quatre à quatre.

« Je sais où est votre belle amie », lui dit l'abbé. « Le baron de Saint-Albert la séquestre au mont Gros. »

Jouan crut défaillir de joie. Et de fureur aussitôt, en se rappelant la perruque grise et les petits yeux du suborneur, qu'il avait souvent croisé au théâtre faisant la cour à Giuditta.

« Je le tuerai ! dit-il.

— Pas si vite, pas si vite, mon ami. Il faut d'abord délivrer votre belle. Vous tuerez qui vous voudrez ensuite. Voici ce que nous allons faire… »

C'est ainsi que le surlendemain, avant même que l'aube ne blanchisse, Jouan partit au galop vers le mont Gros. Il passa la place Victor, sortit de la ville, laissa le Paillon à main gauche, et s'enfonça jusqu'au pied de la colline. À gauche, sur un petit col touffu, on devinait à peine la chapelle Saint-Hubert ; à droite le sommet du Vinaigrier semblait arrêter de ses grands arbres la nuée blanchâtre qui annonçait le lever du jour. Confiant son cheval à un aubergiste, Jouan s'élança et, des pieds et des mains, contournant d'anciennes redoutes de la dernière guerre, il parvint à peine essoufflé jusqu'aux terres du baron. Jouan, ne l'oublions pas, était un petit montagnard : il savait marcher sans fatigue, grimper, chasser, pêcher, observer, se tapir, patienter. Il n'avait qu'une petite dague avec lui : bien malin qui eût été capable de le suivre et de l'affronter dans le maquis, les buissons, les éboulis. Quand, ayant franchi une garrigue mêlée de pins et de frênes, il fut assez près de la villa, il se coula dans un bosquet de lauriers et passa plus de deux heures à tout observer : il repéra le plan de la maison, suivit les allées et venues, perçut comme intuitivement où se trouvait Giuditta et finit par découvrir le puits de lumière qui donnait un peu de jour à la cave. Il se coula comme un serpent dans la pierraille, mesura de l'œil les distances, avança jusqu'au puits, éprouva la solidité de la grille, et, le tout enregistré d'un dernier coup d'œil, il repartit comme il était venu. Il n'était pas neuf heures quand, quand déboulant sur la route, il reprit son cheval à l'auberge et rentra vers la Croix-de-Marbre.

Pendant tout ce temps, sur la butte chevelue du mont Gros, Giuditta se morfondait dans sa citerne. Certes, tandis que les pauvres Niçois rôtissaient derrière leurs jalousies, elle était au frais, et, comme on va le voir, sa situation s'était un peu améliorée. Au bout de trois jours, malgré le confort de son cachot et les plats délicieux que lui apportait une vieille femme, évidemment muette, elle avait compris les terribles *désagréments* de la captivité. Au point qu'elle avait fait le vœu à la Vierge de faire dire quatre messes par an en faveur de tous les captifs chrétiens de Barbarie si jamais elle sortait saine et sauve de cette affaire.

Le quatrième jour, le baron fit son apparition.

« Chère Giuditta, lui dit-il, je m'en voudrais affreusement si votre teint et votre beauté devaient finir par souffrir de ce régime un peu carcéral. Je veux, malgré votre mauvaise volonté, adoucir votre peine. Si vous me promettez de vous bien tenir, je vous laisserai sortir le soir, à la fraîche, dans mes jardins.

— Qu'appelez-vous *se bien tenir*? dit insolemment Giuditta.

— Mais ne pas tenter de vous échapper, tout simplement. Ce qui serait, non seulement inutile, car je serai à vos côtés et que mes domestiques seront à portée de voix, mais imprudent, car dans ces bois, la nuit, vous ne seriez plus à l'abri de rien, ma chère, et je n'ai pour voisins que quelques paysans à mon service qui ont des mœurs plutôt brutales…

— J'accepte, dit Giuditta.

— C'est bien, je viendrai vous chercher ce soir. »

Et, quand l'après-midi touchait au soir, le baron revint. Il lui banda les yeux et, la guidant de la main dans des couloirs humides et des escaliers tournants, il ramena la jeune femme à la surface de la terre.

Giuditta, sans en rien montrer, exultait. À peine si elle en croyait ses yeux (ah, l'air pur, les verts taillis, les beaux buissons de fleurs, les cyprès, et ce ciel bleu d'argent qui se drapait au loin de pourpre!), et toute sa peau frémissait délicieusement sous les zéphyrs légers qui semblaient monter de la mer comme autant de divinités impalpables et bienveillantes venues éventer les pauvres mortels après une journée d'été. Le baron marchait à côté d'elle, sans un mot. C'était un être brusque et brutal que M. de Saint-Albert, mais il était loin d'être dénué de la finesse et de la patience nécessaires aux grandes affaires, aux grandes ambitions. La délicatesse dont il faisait preuve au sein même de son ignominie était suprêmement maligne. Au bout de quelques minutes, ce fut Giuditta qui lui adressa la parole. S'ensuivit un petit échange plein de sous-entendus, mais plutôt aimable. Giuditta était femme, et calculait en elle-même les chances qu'elle avait d'amadouer le baron sans se donner à lui. Un paisible sourire aux lèvres, le bonhomme, de son côté, faisait le calcul inverse.

« Si vous vous tenez aussi bien, lui dit-il, je doublerai les promenades… Une au petit matin, une au couchant… Qu'en dites-vous ?

— Mais que vous semblez vous radoucir, et que j'en suis fort aise ; j'ai presque l'impression de me trouver en compagnie d'un gentilhomme… »

C'était une fameuse pique, mais le baron l'encaissa sans mal ; il en avait vu d'autres.

« Je veillerai à confirmer en vous cette impression », répondit-il. Et, riant presque, il ajouta : « En attendant, nous n'allons pas abuser de ma bonté, et je vais vous reconduire tout doucement à votre demeure provisoire… »

C'est ainsi que, de jour en jour, par une imprévisible alchimie, une sorte de connivence (mais prudente de part et d'autre) s'installa entre le baron et sa captive. On finit par se promener deux fois par jour, et même à prendre une limonade ou un café sous les grands pins ou dans le kiosque au bout de l'allée. Et puis, le seizième jour, M. de Saint Albert demanda fort poliment à Giuditta si elle lui ferait la grâce de dîner le lendemain, dans sa cellule, en sa compagnie.

« Je viendrai désarmé... dit le baron.

— Je l'espère bien », dit Giuditta ; et elle faillit ajouter en manière de raillerie qu'à vaincre sans péril on triomphait sans gloire, mais elle s'abstint juste à temps, par un réflexe salutaire : le baron aurait pu y trouver comme une invitation...

Le lendemain soir, alors que d'ordinaire la porte du cachot s'ouvrait prestement après quelques coups de semonce, si l'on peut dire, on entendit frapper presque timidement. La jeune femme, qui n'avait pu s'empêcher de passer deux heures à sa toilette, ouvrit fort gracieusement à son hôte. Le baron, sans jamais se départir de son flegme, lui offrit des fleurs, une bonbonnière en Moustiers, et une boîte à bijoux en argent gravée à son chiffre. Giuditta remercia poliment, mais sans démonstrations non plus, comme si ces présents n'avaient rien que de très naturel.

« Alors, mon cher baron, qu'avez-vous donc prévu pour ce dîner en tête-à-tête ? lui dit-elle aimablement une fois qu'ils furent installés.

Eh bien, nous commencerons par une demi-douzaine de dorades cuisinées au fenouil et au vin blanc, accompagnées de fleurs de courgette en beignets. Après un petit entremets, je vous proposerai un gigot de chevreuil. De mes bois, cela va sans dire. Et, pour finir, des sorbets au citron confectionnés ici même avec de la glace que les muletiers m'apportent directement du Mercantour. Le sultan Saladin ne faisait pas mieux dans son palais de Damas… Le tout arrosé d'un *vermentino* de Ligurie bien frais pour le poisson, d'un excellent vin de Bellet à la robe de pourpre pour le gibier, et pour finir…

— Pour finir ?…

— Et, pour finir, ma chère, sachant que vous êtes vénitienne, je vous servirai sur le sorbet une *grappa* de Bassano bien frappée !

— *Una grappa* !

— Oui. Vous voyez jusqu'où peut aller ma folie pour vous…

— Oh, baron, n'exagérons pas ! Vous en teniez une barrique dans votre cave. Je me trompe ?…

— Non, charmante amie, concéda le bonhomme, vous avez raison. Mais, avant de finir, commençons par un verre de vin de Champagne !

— Évidemment, vous voulez m'étourdir…

— Pas du tout, pas du tout. J'aurais tant d'autres moyens de vous étourdir, si je le voulais !… dit le baron.

Et l'on n'eut pas le temps de comprendre s'il faisait allusion à l'opium ou à ses talents érotiques, car, à cet instant, une sorte de tonnerre ébranla la citerne, la grille du puits de lumière explosa et une bombe humaine atterrit dans la pièce en hurlant.

C'était Jouan, la dague au poing, qui déjà sautait à la gorge du baron.

X

Amours, escarmouches et contre-espionnage

Le temps courut, vola plutôt, jusqu'à Noël. Et le bonheur des amants s'épanouit d'autant mieux que, depuis la fête de la Fédération – mis à part la démission de M. Necker et un massacre à Nancy dont le bruit n'atteignit le Comté que sous la forme d'une rumeur assourdie –, les choses semblaient se calmer en France. À peine délivrée, ne pouvant retourner aux *Quatre-Nations* dont les émigrés avignonnais avaient loué les dernières chambres, ni loger au *Tapis vert*, également complet (le prix des chambres et les loyers avaient quadruplé depuis deux ans : les Niçois se faisaient des fortunes), il fallut trouver un autre logement à Giuditta. Ne voulant pas la caser dans quelque méchant pied-à-terre de la vieille ville, Jouan eut l'idée d'écrire à Mme Corvesy, réfugiée pour l'été dans son château de Gorbio, et la bonne dame lui laissa aussitôt l'usage d'une enfilade de trois pièces dans un étage qu'elle avait acheté, du côté de Nieubourg justement, à un proche du duc de Gloucester, qui avait bâti là une maison de rapport. Les deux tourtereaux ne pouvaient que louer la bonté de la divine Providence, qui décidément les secondait… Il fallut néanmoins que Jouan retombât un peu sur terre quand Giuditta lui annonça l'arrivée de Filippo. On se rappelle que la jeune comédienne vouait un *amour* platonique, mais inconditionnel, à l'avocat de Turin. Elle voulut garder celui-ci pour elle toute une semaine et, aussi sec, elle se rendit invisible pour notre héros, qu'elle congédia d'un rapide baiser. Jouan encaissa mal le coup. Il rongeait son frein ; il enrageait. Il n'imaginait pas qu'on pût aimer deux hommes à la fois, quand bien même l'un des deux serait une sorte de père ou d'eunuque… Du reste, fallait-il croire à cette histoire d'amour platonique ?…La jalousie le dévorait. Il ne se calma un peu qu'en repensant à Nanette qu'il avait laissée au village ; il éprouva même une ombre de honte, et se jeta éperdument au travail.

Car la France, à peine un peu calmée, s'était remise à s'agiter, prise d'une nouvelle fièvre, d'une nouvelle soif de sang. Et chaque nouvelle semblait aggraver la précédente. Mirabeau, élu président, enflammait l'Assemblée nationale ; quelques jours plus tard, à Vannes, la Garde nationale sabrait des paysans sans armes qui refusaient que leurs prêtres fussent tenus au serment. La France rompit avec le Saint-Siège. « Pauvre roi Louis XVI ! » se dit Jouan en pensant aux scrupules religieux du souverain. Et, de fait, lassé de tant de trahisons qu'on lui imposait, le roi s'enfuit trois mois plus tard. À Nice, on exulta. Croyant le roi réfugié au Luxembourg, sauvé par M. de Bouillé à la tête d'un régiment de dragons, alors qu'on l'arrêtait à Varennes, maîtres et domestiques émigrés à Nice se mirent à danser la farandole ; on arracha les cocardes tricolores de quelques marchands français de passage. Le marquis de La Planargia, qui depuis deux ans et demi réussissait à contenir les excès des émigrés pour ne pas donner une occasion aux Français de déclarer la guerre au Piémont, mandait à Turin missive sur missive pour exprimer son inquiétude. Qui redoubla lorsqu'on apprit en août que l'empereur Léopold et le roi de Prusse avaient signé la fameuse déclaration de Pillnitz. Il semblait qu'on marchât vers une guerre générale.

Les choses se compliquaient d'autant plus que, depuis plusieurs mois, une autre petite guerre, souterraine celle-là, se déroulait de frontière à frontière à coup de fausses nouvelles. Pour sa part, le chanoine, voulant retarder les événements afin de laisser plus de temps à la contre-offensive de l'Église, accroissait chez l'ennemi la conviction que Turin renforçait les défenses de Nice. Ce fut lui, par exemple, qui, à travers une de ses créatures, inspira cette lettre – assez grotesque mais tout à fait dans le style de l'époque, c'est là qu'on reconnaît son talent – que le maire de Nîmes adressa alors à la municipalité d'Antibes (dont la garnison passait pour peu sûre) : « Il paraît qu'un projet de contre-révolution doit se tenter en divers lieux à la fois. À Perpignan, les bons citoyens seront égorgés. À Lyon, une trame odieuse a été éventée. À Turin, on fourbit une quantité de grands sabres à large lame de Solingen, de trois pieds et demi de long, la pointe à langue de serpent bien aiguë en cuivre doré. À mesure qu'on les fabrique, on les envoie à Nice, et l'ouvrier en a déjà fabriqué plus de 400. Il est aussi chargé de faire des stylets triangulaires pour porter sur le téton gauche (...).» Cette trouvaille du stylet à porter sur le téton gauche était de la dernière fourberie. De la dernière drôlerie aussi. Les bourgeois avalaient ce genre de sottises, et le chanoine, par la même occasion, se moquait d'eux. Une autre lettre, arrivée de Turin à Antibes par on ne sait quel canal, disait: «Les mutins de France rassemblés près de Lyon sont déjà plus de mille cinq cents. De l'autre côté du lac [Léman], ils trouveront quatre-vingt mille hommes des troupes autrichiennes et allemandes. L'empereur leur assure la Lorraine et l'Alsace. Dans peu de temps, vous allez voir tout à feu et à sang (...). Je ne m'épouvanterais pas des ennemis du dehors, s'il n'y en avait à l'intérieur. Quel massacre! Au cri de *As-tu du cœur?* tous les antipatriotes se rallieront, et ceux qui ne répondront pas à ces quatre mots seront aussitôt égorgés. On fait fabriquer pour les aristocrates un nombre prodigieux de stylets et d'armes de toute espèce. Il y a quatre-vingt-six selles garnies de velours cramoisi et frangées d'or...»

En ces temps où n'importe quel boutiquier français se prenait pour Brutus ou Cola de Rienzi, le mot de *stylet* avait un effet souverain; quant aux selles cramoisies frangées d'or, c'était encore un trait de génie…

Du côté de la France, ces graines jetées avec intelligence dans un terrain propice mûrissaient avec une vitesse admirable. Tandis qu'à Paris les jacobins commençaient à submerger les feuillants, la populace des campagnes se rebellait contre ses édiles, et la Garde nationale ne suffisait pas toujours à contenir ces passions absurdes. Du côté niçois, cependant, la réalité était bien différente. Plusieurs chasseurs du Royal Vexin ainsi qu'un grenadier de la garnison de Monaco, tout comme quelques officiers des chasseurs des Ardennes stationnés à Antibes, avaient en effet déserté pour passer à Nice. Le roi Victor-Amédée III n'avait aucune tendresse pour cet accroissement de forces *loyalistes* dans une province qui était l'unique débouché sur la mer de ses États continentaux et un permanent sujet de litige avec la France, mais il n'y pouvait rien. La Planargia convoqua un officier des chasseurs royaux qui venaient de déserter et lui dit:

« Mais pourquoi diable avez-vous quitté votre poste ?

— C'est que, voyez-vous, M. le marquis, la cocarde tricolore jurait affreusement avec le vert de nos uniformes… »

La Planargia ne put s'empêcher de sourire.

Le gouverneur piémontais avait en effet fort à faire pour calmer les têtes échauffées des aristocrates provençaux et contenir les germes d'une rébellion ouverte. Et il avait trouvé un complice, presque un ami, en la personne de M. Le Seurre, le consul de France, qui, malgré ses sympathies révolutionnaires, poursuivait dignement sa tâche.

En attendant de faire expulser de Nice les émigrés (si ses souhaits se réalisaient), le marquis apaisait aussi bien que possible les querelles quotidiennes ; et le consul, continuant à défendre les ressortissants français en butte aux avanies et aux insultes des loyalistes, ne cessait en même temps de démentir les informations qui faisaient accroire aux communes limitrophes du Comté, d'Antibes à Barcelonnette, qu'elles étaient menacées par une armée d'ogres des Alpes et de brutes autrichiennes. Pour finir, La Planargia interdit à Nice le port de la cocarde tricolore, mais prohiba du même coup la rosette bleue et noire des fidèles du comte d'Artois et autres *chevaliers du poignard.* Le Seurre, lui, redoutait surtout les navires français qui – soit qu'ils allassent à Gênes, soit qu'ils voulussent faire escale au port de Lympia – arboraient souvent par provocation, dans la baie de Nice ou la rade de Villefranche, des pavillons tricolores grands comme des brigantines.

Bref, des deux côtés, on marchait sur des œufs.

Il en allait un peu de même pour nos amoureux, bien que Giuditta profitât souvent de l'avantage que lui conféraient son sexe et son expérience amoureuse. Au lieu de garder Filippo une semaine, elle le garda quinze jours, en prévenant son amant par un simple billet de trois mots. Notre pauvre Jouan se mordait les mains. Au bout de deux jours, il brisa de rage son violon, et, s'élançant vers la vieille ville, se mit à chercher querelle à n'importe qui pour avoir l'occasion de jouer des poings ou de l'épée, ce qui le soulagea un peu. Mais, à peine Filippo fut-il reparti pour Turin que Giuditta se jeta dans ses bras avec toute la fougue amoureuse dont elle était capable. Quelque grande qu'ait été la fureur de Jouan, sa colère tomba aussitôt, et il ne bouda pas sa joie. Dans ces moments de bonheur extrême, les amants s'écrivaient au moins deux ou trois fois par jour. Le petit domestique de Jouan riait sous cape de ces courriers quotidiens qui le faisait courir entre ces deux maisons à peine éloignées d'une centaine de pas.

Pour rester près de Jouan, la belle comédienne avait annulé son engagement à Gênes. L'impresario ne lui en voulut pas trop : il connaissait les caprices de ces dames. Il exigea tout de même qu'elle vînt donner un récital au printemps. Au même moment, la troupe de Toulon qui devait jouer à Nice rompit son propre contrat en prétextant que le patriotisme des acteurs ne souffrirait pas de jouer dans un pays où la cocarde tricolore était interdite, devant un public *réactionnaire*, qui, de surcroît, risquait de les siffler ou de les insulter.

Giuditta eut une idée de génie : elle courut s'entendre avec l'imprésario. Le marché conclu, elle se jeta à sa table, écrivit à Turin, Verceil, Casale, Bergame et même Parme, pour rameuter des chanteurs italiens ; et, engageant comme comparses quelques Niçois un peu délurés, elle réussit à mettre sur pied une troupe plus qu'honorable. La saison de Carnaval était courte ; elle démarrait à l'Épiphanie et s'achevait au Mardi-gras ; deux ou trois *drammi giocosi* feraient l'affaire. Se rappelant le succès qu'avait connu *La Molinara* de Paisiello, elle choisit du même compositeur *La Scuffiara* (dite aussi *La modista raggiratrice*) et *L'impresario in angustie*, délicieux divertissement de Cimarosa, créé à Naples cinq ans plus tôt.

Ce fut peut-être la plus belle saison qu'ait jamais connue le théâtre de Nice. La salle ne désemplissait pas ; les loges se sous-louaient à prix d'or ; même les Anglais, si snobs d'ordinaire, étaient ravis ; on fit un triomphe à Giuditta, comédienne et imprésario. Inutile de dire que, rendue plus éclatante encore par son succès, la jeune femme brillait au milieu d'une cour de papillons très chamarrés. On revit s'assembler tous ses soupirants (à l'exception du baron de Saint-Albert, cela va de soi) et s'agglutiner de nouveaux venus : nobles *tourists*, récents émigrés, riches Niçois éblouis par l'air si sûr, si cosmopolite, si souverain, de Giuditta. Le vieux baron de Bottini (déjà gâteux), le jeune Renaud de Falicon, Sir John Lindsay, les Châteauneuf père et fils, même M. Cristini de Ravarano, Intendant général du comté, chacun se mourait d'amour pour elle. Giuditta distribuait les sourires, tendait sa main à baiser, la laisser presser parfois, échangeait amusée des mots amusants, faisait habilement perdre la tête à tout le monde. Notre héros, quant à lui, jouissait certes du triomphe de sa belle, mais il souffrait mille morts en la voyant si prompte à accepter les hommages et à se compromettre (en apparence) avec tant d'aisance dans des complicités simulées.

Le Carême enfin sauva notre couple d'amoureux. Toutefois, le printemps venu, Giuditta dut honorer l'engagement qu'elle avait pris de se produire quelques jours à Gênes.

« Quinze jours ! lui dit Jouan, et tu t'y rends par mer ! Je vais d'abord mourir d'inquiétude, et ensuite d'ennui…

— Quelle idée, mon bel ami ! Mais cent navires (et je ne parle pas des barques) partent chaque jour de Marseille pour Gênes, ou vice versa ! Et je ne sache pas qu'il y ait tant de naufrages. » (De fait on voyait au loin une foule de petites voiles qui couraient gaiement sur les flots.) « Quant à l'ennui, lui dit-elle souriante en levant l'index, tu devrais davantage songer à tes devoirs politiques et au service de notre Sainte Mère l'Église…

— Je t'en supplie, ne mêle pas l'Église à tout ça, et ne te moque pas de mes sentiments… »

Et là-dessus, après des adieux déchirants, Giuditta sauta dans une grosse felouque génoise et disparut en peu de temps à l'horizon derrière un troupeau de nuées que fouettait un joli vent d'ouest. Jouan resta sur le port, comme étourdi, et rentra pensivement à la Croix-de-Marbre.

Une douzaine d'heures plus tard, Giuditta arrivait à Gênes. Elle se leva, ébouriffa sa robe froissée par le voyage, serra sa capeline, et montrant sa malle à un matelot, elle prit sa badine et débarqua. L'impresario l'attendait, toutes courbettes et tout sourire. C'était un aimable juif du nom de Mosè Avigdor.

« Ah, ma chère comme nous vous avons regrettée ! Bien sûr, la saison n'a pas été tout à fait ratée : Franceschina Del Prato n'a pas mal chanté, mais votre beauté, votre timbre, votre agilité, votre génie du geste et de la repartie… Ah, quelle tristesse !… Enfin je vous ai préparé une soirée exceptionnelle : Sa Grandeur nous a autorisés à rouvrir le théâtre, le Doge sera là, et toute la noblesse. Mais je parle, je parle… Allons à votre hôtel, vous avez besoin de repos. »

Et notre voyageuse, guidée par son imprésario, alla prendre ses quartiers au *Cerf d'or*, la meilleure hôtellerie de Gênes à cette époque.

Au bout de trois jours, sans nouvelles de Giuditta, Jouan commença à trembler. Il courut au Casino feuilleter, vainement, les dernières gazettes, puis sur le port pour s'informer de vive voix. Il apprit là que la felouque était bien arrivée et que le capitaine ferait retour à Nice d'ici peu. Mais il s'en fichait bien du capitaine ! Ce qu'il attendait, c'était un mot de sa belle ; et les lettres entre Gênes et Nice ne mettaient pas plus de deux jours. Il suffisait de glisser un *jaunet* au courrier de la République ou de confier son pli (non sans deux ou trois piécettes, là aussi) à quelque matelot… Sur le port, il avisa un écrivain public, lui emprunta son écritoire et jeta quelques mots brûlants à l'adresse de Giuditta. Il plia et scella soigneusement le billet, et l'alla remettre au capitaine d'une grosse gabarre qui s'apprêtait à lever l'ancre. Et il attendit.

Il attendit toute une semaine, excédé, désespéré. Les plus folles idées se pressaient dans sa pauvre tête. Par exemple : Filippo n'était-il pas allé rejoindre Giuditta ? Avait-elle été subornée par quelque grand seigneur ? Était-elle même encore en vie ? Il y a tant de ruelles dans les grandes villes qui sont des coupe-gorge… Enfin, sans en donner raison au chanoine (il n'avait pas la moindre envie de lui montrer une seconde fois son cœur déchiré), il demanda un congé de trois jours (le chanoine sourit et accorda), et fila prendre le premier navire en partance pour Gênes la Superbe.

Si nos deux héros avaient pensé plus d'une fois que la Providence veillait sur leur amour, le narrateur se doit de dire ici que le diable y mettait aussi le bout de la queue. Mais l'un peut-il aller sans l'autre ?… Voici en effet ce qui se passa.

Jouan, courant toujours dès qu'il s'agissait de retrouver Giuditta, courut tout Gênes comme un fou : la ville était immense, pleine de palais gigantesques comme il n'en avait jamais vus, d'allées élégantes, de gracieuses églises, de ruelles antiques, fraîches, lugubres parfois (et même franchement mal famées pour certaines). Hormis le théâtre, où et comment retrouver Giuditta ? Mais le théâtre était fermé. Il courut les bonnes auberges et les hôtelleries, tomba finalement sur le Cerf d'or. Giuditta était sortie. On indiqua au jeune homme les cafés où il avait quelque chance de la trouver. Dans son zézayant génois, une jolie servante, émue par son sort, lui recommanda la *Cioccolateria* Cassottana et la pâtisserie Romanengo. L'après-midi touchait à sa fin. C'était l'heure des chocolats, des limonades, des vins doux (on venait à peine d'introduire les premiers vermouths de Turin). Jouan eut quelque mal à se frayer un chemin dans cette foule du soir qui hantait la ville inconnue. Et c'est presque sans s'y attendre qu'il se retrouva tout à coup devant la belle devanture de la Cassottana. À la terrasse, on conversait gaiement ; il y avait foule à l'intérieur, et soudain, sur une table un peu dissimulée dans le fond de la salle, Jouan aperçut enfin le charmant visage, les adorables boucles brunes, l'élégante main… Il sentit son sang se glacer ! Un grand gentilhomme d'une quarantaine d'années, beau, merveilleusement vêtu d'une jaquette en brocart, d'un gilet de soie fleuri et de bas jaune safran, faisait la cour à Giuditta ! C'est vers lui qu'elle agitait ses boucles en riant, vers lui qu'elle levait sa main gracieuse : il est vrai que c'était pour repousser le nez du gentilhomme qui venait audacieusement de respirer le parfum de sa nuque, mais il y avait dans son refus comme une absence de conviction… Jouan crut mourir sur place. Il récita d'ailleurs *in petto* la prière des agonisants : « *Dieu puissant et miséricordieux, voilà une âme qui quitte son enveloppe terrestre pour retourner vers le Père des miséricordes dans le Ciel…* » Et il chut tout d'une pièce, sans connaissance, devant la boutique.

Quand il reprit connaissance, il se trouvait dans un lit, le col ouvert, les pieds nus : Giuditta lui faisait respirer des sels.

« Ah, cruelle ! lui dit-il du fond de sa demi-conscience. Vous n'êtes pas partie depuis une semaine que vous bafouez l'amour que je vous porte ! Vous me trompez pour un riche gentilhomme, qui doit avoir à vos yeux bien plus d'attraits que moi !… Barbare ! Serpent ! Tigresse d'Hyrcanie !… » (Le lexique du mélodrame commençait à déteindre sur la pauvre tête de notre jeune campagnard. La « tigresse d'Hyrcanie » manqua d'ailleurs faire mourir de rire Giuditta, qui se mit à tousser furieusement.)

« Mais, *amore mio*, lui dit-elle, tu te méprends du tout au tout ! Je suis pure et toute à toi !

— Toute à moi ? Mais ce bellâtre !...

— C'est un grand seigneur et un proche du Doge, et je ne pouvais, sans impolitesse et peut-être même sans danger, repousser brutalement ses assiduités. » Et faisant mine de se mettre en colère : « Enfin, est-on infidèle parce qu'on est courtisée ?... »

La réponse était pertinente, définitive même, et Jouan ne pouvait davantage protester. Pourtant, la vérité était un peu différente de ce que racontait Giuditta – ou de ce qu'elle se racontait à elle-même. Car la lunette du narrateur pénètre assez profondément les âmes pour voir que la jeune femme avait bien failli se donner au baron de Saint-Albert (sans aucune joie, mais pour recouvrer enfin sa liberté) et que le gentilhomme génois aurait pu connaître quelques instants de bonheur si Jouan n'avait débarqué, une fois de plus, juste à temps. Giuditta séduisait par *nécessité* ; une grande partie d'elle n'existait guère que dans les yeux de ses admirateurs ; mais tel était son caractère que, si d'aventure on l'aimait trop, elle se sentait étouffer et s'enfuyait alors à tire-d'aile. Notre héros, pour fin qu'il fût, n'avait pas encore compris cela... Quoi qu'il en soit, émergeant, sous l'effet des sels, de son coma sentimental, Jouan se retrouva très vite dans les bras de Giuditta, et, au milieu des bouderies, des baisers et des fous-rires, les choses se conclurent comme on l'imagine.

XI
Un conseil restreint du roi de Sardaigne. – L'orage éclate

L'année 1792 à Nice commença tristement. La présence anglaise avait connue une sérieuse décrue (d'où s'ensuivit une chute économique qui atteignit aussi bien les classes supérieures que les petits commerçants, les artisans, les cochers, les domestiques) ; le carnaval ne fut pas aussi gai que d'ordinaire, et surtout le théâtre resta fermé. Giuditta, engagée à Naples, ne s'était pas dérobée cette fois. Et Jouan commençait à comprendre qu'il garderait d'autant mieux sa bien-aimée qu'elle se sentirait libre. Quand elle revint au printemps, épuisée par la traversée mais heureuse, il mesura qu'il ne s'était pas trompé… En même temps, chaque fois qu'il recevait des nouvelles de la petite Nanette, qui réussissait à lui écrire en cachette de son père, il lui répondait avec douceur, avec amour presque, et – comme il en souffrait ! – en la laissant espérer. Car Nanette était un bon parti : elle venait d'avoir seize ans, elle était jolie comme une chevrette (bien qu'un peu plus dodue), et dans ses yeux clairs on voyait s'ouvrir des cieux inouïs. De surcroît, son père, maître chirurgien diplômé de la faculté de Turin, était un notable qu'on ne pouvait négliger. Si bien qu'un gros propriétaire avait demandé la jeune fille en mariage pour son aîné. Le garçon, bien que mal dégrossi, n'était pas déplaisant, mais Nanette refusa. M. Barlet en prit son parti et, comme il aimait plus que tout cette enfant, il fut presque heureux de ne pas devoir s'en séparer si tôt.

Nice ne vivait plus tout à fait comme avant. Il y avait en surface les promenades sur le Palco, les soirées mondaines, et même le casino, récemment ouvert, où l'on pouvait jouer au reversi et rencontrer des gens de son *milieu* comme dans un club anglais. Mais il y avait surtout la menace toujours plus pressante des événements de France. On avait d'abord appris le rattachement, pour ne pas dire l'annexion, d'Avignon, puis, avec horreur, le massacre de la Glacière, qui souilla à jamais le mot même de *patriotes* dans la cité des papes. En novembre 91, Paris avait émané un décret contre les émigrés et les prêtres réfractaires. De son côté, le roi Victor-Amédée avait ordonné qu'on expulsât les émigrés de Nice, mais, pressé par le comte d'Artois, son beau-fils, il était revenu sur son ordre. On s'était contenté de chasser les officiers émigrés ; pour la plupart, ils s'étaient réfugiés dans les environs en continuant à rêver d'une revanche, et à comploter. M. de

Colbert, par exemple, rescapé des brouilleries entre les marquis de Marignane et de La Fare, n'avait pas perdu l'espoir de lever un régiment pour les princes ; aussi faisait-il fabriquer des boutons d'uniforme. On placardait des tracts. On aimait à se dire que Nice était un « petit Coblence ».

Mais laissons notre héros à ses amours et les émigrés à leurs intrigues. Haussons notre lunette de Nice vers les Alpes et accommodons la lentille. Sautons Sospel et Breil, ne nous attardons pas sur la pittoresque Saorge, au flanc droit de la montagne, ni, à gauche, sur le Mercantour dont les neiges étincelantes font vibrer le ciel bleu comme une immense voile. Passons Tende à la grosse collégiale rouge, grimpons le célèbre col, et (notre lunette étant magique) redescendons mollement vers Coni et la plaine piémontaise, en direction de la très poétique Saluces, puis vers Racconigi (oublions le palais royal) et enfin Moncalieri, où Sa Majesté le roi Victor-Amédée III demeure presque huit mois de l'année. Il y demeure tant, du reste, qu'il a fait installer au château des appartements pour tous ses ministres, lesquels se trouvent ainsi à portée de la main.

Ah, l'aimable campagne ! Sautons le Pô qui forme une boucle à cet endroit-là et entrons dans la petite ville. Entre deux gigantesques dragons au pourpoint rouge, figés l'arme au pied, traversons la façade du grand palais et montons subrepticement dans la *Camera verde*, naguère réservée aux dîners « en famille » des souverains, où le roi a transporté son conseil restreint. Ce jour-là, il a réuni autour de lui et de son fils aîné, le duc d'Aoste, son gendre le comte d'Artois (dont il tolère mal le libertinage et les velléités guerrières), ses trois principaux *Secrétaires* (l'Intérieur, les Affaires étrangères, et la Guerre) ; le baron Eugène de Courten, lieutenant-général des Armées du roi ; le général-comte Charles François Thaon de Saint-André, qui a été naguère gouverneur du comté de Nice et vice-roi de Sardaigne, et enfin le comte Provana di Leinì, grand-veneur de la cour, qui n'aurait rien à faire ici s'il n'était l'ami et le conseiller le plus proche du souverain.

Le roi, grand et beau, a vieilli. Ce n'est plus le jeune prince serein, le père de son peuple, le créateur de l'Académie des Sciences, le promoteur de la Route royale entre Nice et Turin, le souverain à la fois tolérant et soucieux de l'unité de ses États ; il a 66 ans, et il s'inquiète muettement de l'avenir. Et d'abord de l'avenir du Comté. La politique d'apaisement ne pouvait durer éternellement. En ce début d'année 92, il est clair désormais pour le souverain piémontais que, malgré ses grandes déclarations sur la paix et la liberté des peuples, la France n'a plus qu'un objectif : s'agrandir à l'est, en annexant la Savoie et le comté de Nice – ce en quoi la France de la *liberté* ne fait que poursuivre la politique de Louis XIV. Les tensions à la frontière franco-sarde ne cessent d'augmenter : le général français de l'armée des Alpes, le ci-devant marquis de Montesquiou, a nommé le général d'Anselme commandant de la division d'Antibes ; les soldats de ce dernier, par-dessus le Var, insultent les dragons du Piémont, tandis que 300 Volontaires de la place forte d'Entrevaux, violant la frontière, entrent en territoire sarde et dévastent les jardins et faubourgs de Puget-Théniers. Victor-Amédée proteste et commande d'envoyer un bataillon du régiment de Mondovì renforcer celui de Nice, fait armer les milices communales de Guillaumes et de Puget, et mande le colonel Pinto, chef de la Légion des campements, veiller avec le gouverneur du comté aux retranchements et aux positions d'artillerie sur le Var. Puis il interroge l'un après l'autre ses ministres et conseillers. Le comte Thaon de Saint-André, le plus subtil de tous, s'oppose fermement à la proposition insensée que fait le comte d'Artois d'envahir le Dauphiné et la Provence. Le souverain a toujours privilégié les militaires formés en Prusse. Il faut réorganiser l'armée de Nice et des Alpes. Le roi nomme le duc d'Aoste général en chef (mais c'est un choix symbolique) et, en remplacement du marquis de La Planargia, nomme gouverneur du comté le vieux mais solide lieutenant-général de Courten.

Le 24 septembre au soir, Jouan entendit toquer à la porte. Son domestique était sorti ; il alla ouvrir lui-même.

C'était le chanoine Alberti.

« Il faut que je vous parle, dit le visiteur.

— Je vous en prie, Monsieur, asseyez-vous, dit Jouan, en lui indiquant une confortable bergère.

— Mon cher ami, je viens de recevoir des nouvelles très inquiétantes. Voilà deux jours, après avoir fait proclamer qu'il allait « apporter les bienfaits de la liberté au peuple de Savoie », le général de Montesquiou a franchi la frontière à la tête de ses troupes. Chambéry est tombée sans coup férir ; toute la province est occupée. À tort ou à raison, sans même se battre, notre armée s'est retirée dans les Alpes pour protéger le Piémont. Le même Montesquiou (qui, en deux ans, a égaré, Dieu sait où, sa particule et quelques titres…) a intimé l'ordre à son subordonné, le général d'Anselme, stationné à Grasse, d'en faire de même avec le Comté. D'Anselme vient de déplacer son état-major à deux pas d'Antibes en vue de l'affrontement. Ici, le consul Le Seurre vient de faire descendre les armoiries de France – très mauvais signe. La guerre est si proche que, sous le sceau du secret, je puis vous le dire, l'Intendant a déjà ordonné au Trésorier-général Biscarra d'expédier la Caisse royale à Saorge ; elle vient de partir. Et, toujours en secret, je vous annonce que le Sénat et ses archives seront transférés dès demain à Sospel, et de là à Saorge… Ici, l'on devrait suivre le plan défensif préparé par le marquis de La Planargia, plan plus ou moins amélioré par le comte Pinto ; mais je crois savoir, ou plutôt je *sais* que l'armée de Nice est sur le point de se retirer, le roi craignant non sans raison que, pris en tenaille entre la flotte de Truguet et la division de d'Anselme, l'armée ne soit écrasée et la ville anéantie…

» Le chanoine s'arrêta un instant, et reprit : « Pour ce qui me regarde, en tout cas, ma mission est terminée. Si d'aventure Nice est prise, Sospel ne sera pas un abri pour moi, et je n'ai pas envie de jouer les lièvres dans les maquis : ce n'est pas la peur qui m'arrête, mais je ne voudrais pas déchirer mes bas », ajouta-t-il en souriant. « Je quitte Nice demain à l'aube ; je m'embarque pour Gênes et, dans trois jours, je serai à Rome où j'irai baiser la mule de Notre Saint-Père. J'emporte avec moi cette serviette, où se trouvent les résultats de nos travaux et mon rapport sur la situation… »

Abasourdi, Jouan se dirigea vers un guéridon où se trouvait une carafe et tendit au chanoine un petit verre de vieux vin d'orange et d'aromates que lui fournissait son domestique. Le valet devait se servir au passage, mais Jouan s'en moquait : la liqueur était exquise.

Le chanoine en but une gorgée avec un évident plaisir, tandis que Jouan se servait déjà un second verre avant de se rasseoir.

« Voilà pour moi, disait le chanoine. Quant à vous, je viens vous confier vos deux dernières missions, avant de vous faire mes adieux. Je vous envoie à Turin et vous conseille de partir au plus tôt. Je ne voudrais pas vous voir pris dans quelque escarmouche. Mais, avant de vider les lieux, vous allez brûler *toutes* – je dis bien *toutes* – nos archives. Il ne doit plus rien rester ici de notre passage. J'ai prévenu mon cousin qu'il verrait s'envoler un peu de fumée de notre pavillon ; il a très bien compris, et ne s'en souciera pas. Une fois à Turin, vous irez aussitôt à San Lorenzo, près le Palais Royal, et vous demanderez M. l'abbé Dionisotti. Vous remettrez à ce bon ecclésiastique, qui est un de mes amis, ce portefeuille, lequel contient un double de mon rapport et une missive cryptée pour le palais. J'ai également fait crypter le rapport, au cas – très improbable, Dieu merci – où vous seriez intercepté par les Français. À partir de là, je vous laisse choisir votre destin. Je ne vous conseille pas de rentrer à Nice de sitôt. Si vous voulez faire carrière à Turin, demandez conseil à Dionisotti : c'est (si j'ose dire) un autre moi-même. Il vous ouvrira la voie. Si vous voulez me rejoindre à Rome et poursuivre votre chemin sous ma houlette, je vous attends. Quoi qu'il en soit, écrivez-moi un mot d'apparence anodine pour me rassurer. Envoyez la lettre à mon nom, au Vatican. »

Le chanoine tendit la main à Jouan, et disparut.

Jouan tenta de rassembler ses idées. Un troisième verre de vin vieux l'y aida. Il ne voulut pas prévenir Giuditta par écrit et décida d'aller la voir en personne un peu plus tard dans la soirée. Il écrivit alors à M. Dauthier, qui lui avait adressé une lettre quelques jours plus tôt :

« Mon cher Père, c'est avec la plus vive douleur que j'ai appris par votre dernière lettre le décès de M. le Vicaire, que nous aimions tant. Peut-être cette mort lui a-t-elle évité de subir d'autres chagrins que ceux de la maladie. Les Français campent de l'autre côté du Var, et l'on s'attend à ce qu'ils passent d'ici peu à l'offensive. Je vais bien, n'ayez aucune inquiétude, et je pars en mission pour Turin. Je forme de tout cœur le souhait de revenir très vite vous retrouver et vous embrasser comme je le fais ici.

Votre fidèle et très affectionné fils.

PS. Auriez-vous la bonté de saluer pour moi la fille de M. Barlet ? »

Il avait hésité un instant, la plume en l'air, avant d'écrire ces derniers mots. Un sentiment assez grave, il n'aurait su dire quoi précisément, l'avait décidé. Il plia le billet, le cacheta et sonna le domestique du chanoine, auquel il dit simplement : « Par le canal habituel. » Puis il changea de chemise, passa une veste, et courut chez Giuditta.

La nuit était tombée ; les rues de Nieubourg étaient désertes, à peine éclairées par la lune montante et les tremblantes lueurs qui s'échappaient des jalousies abaissées. On entendait bien des rossignols dans les feuillages noirs et, ci ou là, quelques rires, mais la température était lourde et, de loin en loin, la mer frappait bruyamment les barques tirées sur la grève. Jouan toqua selon le code en usage entre les amants, et se retrouva dans les bras de sa belle. Il lui fallut un peu de temps pour pouvoir parler.

Notre héros savait ce qu'il avait à faire, mais qu'en était-il de Giuditta ? Il n'était pas question qu'elle restât. Préférait-elle s'enfuir vers Gênes ou vers Turin ? Et, si elle choisissait Gênes, voulait-elle y aller par la mer ou par la route, cette route si dangereuse, si escarpée de la côte, que n'empruntaient que les chaises à porteurs et les mulets ? – Que ce fût par amour pour Jouan ou (acceptons l'hypothèse) dans l'idée qu'elle avait à Turin un ami sûr en la personne de Filippo, Giuditta n'hésita pas. « *Amore mio*, dit-elle, je pars avec toi ! » Jouan se fit l'avocat du diable.

« Pense donc, *carissima*, que la route de Tende est âpre, longue et très fatigante ! Par la mer, Gênes est à peine à quelques heures de Nice. Et la République est très sûre. Les Français ne la menacent pas. Embarque demain pour Gênes avec le chanoine !

— Mais qu'ai-je à faire de Gênes, *tesoro mio* ? Du reste, je n'y connais personne… » (Jouan la regarda.) « Non, non, non, et non ! Je pars avec toi. »

Le lendemain, Jouan passa la journée à brûler toutes les archives du chanoine et de leur travail commun. C'était un curieux incendie dont il n'aurait su dire s'il était vraiment un feu de joie. L'odeur de ces flammes-là lui donnait une étrange impression de nausée mêlée de nostalgie. Une petite part de sa jeunesse se consumait avec elles. Puis il fallut se décider à choisir un moyen de transport pour le voyage. Une berline requérait de bons chevaux, des relais de poste, des hommes dans les passages difficiles. Jouan, avec une sorte de prémonition, dit à Giuditta : « Je t'ai trouvé une *vinaigrette* et deux hommes que je paierai à prix d'or ; je serai à cheval à tes côtés. Une berline semble plus spacieuse et plus confortable, mais ce serait un grand encombrement et nous dépendrions davantage des relais, des aubergistes, des garçons de poste.

— C'est bien », lui dit Giuditta. « J'aime les hommes qui prennent des décisions. Je te suis.

— Cela signifie, mon amour, que vous devrez réduire à l'essentiel vos bagages. Abandonnez votre garde-robe. D'ailleurs, cela se démode vite, et cela se renouvelle. Ne gardez qu'une robe de voyage, un nécessaire de toilette, une capeline, un châle bien chaud et tous vos bijoux. Quelques provisions de bouche seront toujours les bienvenues. »

Jouan, quant à lui, prépara soigneusement son portemanteau, une ceinture à double poche, qu'il bourra de tout son or, et une paire de pistolets.

Le départ était fixé au lendemain, 26 septembre.

Or, au matin, sous un joli mistral propice aux démonstrations emphatiques de la marine, on vit paraître dans la baie de Nice la flotte française commandée par le contre-amiral Truguet, qui, sur son vaisseau *Le Tonnant*, amorçait une manœuvre destinée à débarquer des troupes. Au fort du Mont-Alban, on n'attendait plus que l'ordre de faire tirer le canon ; mais, par crainte qu'en représailles Truguet ne fasse bombarder toute la ville, on attendit. Pendant ce temps, le bruit courait qu'au lieu de 10 000 hommes, d'Anselme en commandait 40 000, et qu'aux régiments de ligne s'étaient joints ces horribles régiments de Volontaires des Bouches-du-Rhône et du Var, sans-culottes buveurs de sang. En réalité, l'armée française ne comptait, outre les Volontaires, que trois bataillons de grenadiers, deux escadrons de dragons et quelques pièces d'artillerie. Mais, entre l'escadre de Truguet et les troupes de d'Anselme, craignant de plus un second débarquement à Monaco, Courten se vit méchamment menacé. Il renforça les retranchements sur le Var, fit charger les canons des redoutes ; on vit les miliciens s'armer, M. de Colbert et M. de Saporta (ancien maire d'Aix) rassembler les gentilshommes français prêts à en découdre ; mais Nice commençait à trembler.

Jouan avait fait seller son cheval et n'attendait plus que la vinaigrette quand on vint le prévenir qu'un des bras de la chaise venait de se rompre et que, faute d'en trouver un autre, il fallait le remplacer. Le loueur le priait de bien vouloir attendre jusqu'au soir. La brouette arriva en fin d'après-midi ; L'Escarène était à trois heures de route, et Sospel, à dix ou douze ; il était trop tard ; on remit le départ au lendemain, à la première heure.

Pendant ce temps, sur la mer, le vent avait tourné, et l'escadre française avait fait demi-tour vers Antibes. Elle réapparut le lendemain au moment même où

Jouan et Giuditta se mettaient en chemin. Truguet envoyait une chaloupe en demandant qu'on lui remette le consul Le Seurre. Sous la menace d'un bombardement général, on le lui remit en hâte – mais cela n'arrêta en rien l'élan des Français. En effet, pendant que Truguet faisait diversion, d'Anselme quittait son quartier général de La Bragne et faisait mouvement vers le Var, qu'il s'apprêtait à passer. Ce n'était pas une mince affaire, car, pour que la frontière fût plus sûre, France et Savoie s'étaient toujours gardées de jeter une passerelle d'une rive à l'autre, distantes de presque un kilomètre. D'Anselme fit faire des pontons flottants pour huit pièces d'artillerie légère et les fantassins, et, le fleuve n'étant pas trop haut, cent cinquante dragons passèrent à cheval sans difficulté. Tout le reste de la division attendit sur place. Le général français avançait à vive allure et passait déjà Saint-Laurent. À côté de lui trottait sa sœur, travestie en aide de camp. Malgré quelques coups de feu, les troupes sardes n'opposèrent qu'une ombre de résistance à cette incursion. L'armée sarde et les miliciens se retiraient vers Nice. Comme il traversait au galop la ville en direction de la porte de Turin, Jouan entendit dire que l'armée se repliait vers Saorge. C'était ce qu'avait prédit le chanoine ! Il arrêta son cheval et interrogea un vieux bonhomme, la lippe noire de tabac et le pantalon en désordre, qui se trouvait sur son chemin. « Oui, dit le bonhomme, ils se *tirent*... » Et de fait le général de Courten avait reçu quelques heures plus tôt l'ordre formel du duc d'Aoste de se replier dans les montagnes. Eût-il été seul et sans mission, le fougueux Jouan aurait fait demi-tour et serait parti rallier quelques âmes héroïques pour ne pas livrer Nice sans combat. Mais il avait, entre la peau et la chemise, le portefeuille du chanoine, et Giuditta à ses côtés. Il fit un immense effort sur lui-même et piqua des deux son cheval. Les solides gaillards de la brouette (le brancardier et le pousse-au-cul) ne se le firent pas dire deux fois et foncèrent. Au loin, derrière eux, on voyait déjà, au milieu des grenadiers, des dragons à cheval, des artilleurs tirant des pièces, les équipages de l'état-major roulant vers la porte de Turin, suivis de près par des carrosses, des voitures de charge, des chevaux, des mulets… Jouan était déjà loin, quand s'enfuit par le même chemin toute, ou presque, la population de Nice : des religieux, des nobles, des bourgeois, des magistrats, des artisans, des cultivateurs, des familles entières traînant qui des enfants en bas âge qui des ânes chargés de ballots. À cette fuite générale ne manquaient que les plus pauvres : les pêcheurs d'anchois, les vendeurs de *socca*, les brocanteurs, les ravaudeurs, les cousettes, les prostituées, les mendiants, qui, n'ayant rien à perdre, se fiaient en Dieu et dans la personne de Mgr Valperga di Maglione, qui (on le sut plus tard) s'en allait remettre à pied au général d'Anselme les clefs de la cité…

XII

Suite de l'orage et fuite de nos héros. – Jouan fait son entrée à Turin.

Jouan se demanda longtemps, si, pour l'avoir engagé à partir le plus tôt possible comme il l'avait fait, le chanoine n'avait point des espions, non seulement dans l'armée française, mais jusqu'à la cour de Turin – à moins qu'il ne fût doué de quelque sens prémonitoire. Comment avait-il pu imaginer la retraite de l'armée sarde, formée à la prussienne et l'une des premières d'Europe ? Sans parler de la pluie diluvienne qui se mit à tomber dès le surlendemain. Jouan ignorait ce qu'au même moment écrivait son compatriote Joseph de Maistre, mais il pensa que, *trahison ou bêtise des généraux, cette déroute était incroyable et même un peu mystérieuse…* Le mystère résidait moins sans doute dans une influence diabolique, à quoi devait faire allusion de Maistre, que dans le souci de préserver le cœur du royaume et peut-être aussi dans l'effroi que suscita chez chacun l'apparition d'une armée d'un nouveau genre, précédée de la réputation sanguinaire de la Convention. Le fait est que, la ville à peine vidée de ses habitants, trois cents forçats libérés et la populace la plus infâme de Nice se livrèrent à un pillage inouï, avant que d'Anselme, entré enfin en vainqueur, ne laissât ses troupes mettre à sac le reste de la cité et molester les malheureux qui n'avaient pu s'enfuir. La lunette du narrateur pourrait s'arrêter sur les vandales défenestrant les précieuses archives de l'Intendance générale, fracassant les meubles des maisons nobles, pillant la cathédrale, ou faisant baiser aux habitants terrifiés la tête coupée d'un malheureux paysan venu vendre ses châtaignes, jusqu'à ce qu'une certaine dame Cognet, un peu dégoûtée, ne leur dise : « Je préférerais vous embrasser tous sur la bouche ! » Ce qu'on lui fit faire évidemment.

Mieux vaut retrouver nos deux héros.

Les deux amants étaient arrivés à L'Escarène deux heures et demie à peine avant que les berlines de l'état-major précédées de quelques voltigeurs n'y parvinssent. Devant Saint-Pierre-aux-Liens, Jouan sauta de selle, Giuditta sortit de la chaise, et l'on commença par donner deux pichets de vin aux porteurs. Puis, à l'auberge, on se fit servir une omelette, un demi-poulet, et un carafon de clairette. Bien que trempé, Jouan, dès qu'ils furent restaurés, voulut qu'on reparte. Giuditta fit la moue, mais la pluie s'était mise de la partie, il tombait des cordes, et Jouan l'exigeait. Il avait compris que, poursuivis par une armée en retraite et quelques milliers de fuyards, ils devaient profiter de leur avance et de la légèreté de leur équipage. On fila vers Sospel, où l'on dormit quelques heures à *La Croix blanche* (ô tendres souvenirs !), et l'on repartit avant l'aube. C'était l'étape la plus dure. Après quatre heures de route, on fit une pause à l'auberge de la Giandola ; on y déjeuna de pain, de polenta, de saucisses très piquantes et de fromage, le tout arrosé d'un vin fort, où les montagnards devaient mêler un peu de marc. Les porteurs étaient enchantés. Giuditta, elle, un peu grise, chantonnait : « *Bella Venezia ! O diletti svaniti !...* » On se remit en marche ; Jouan décida d'éviter Saorge, bourgade très riche, mais qui détournait un peu de la route, et s'avança vers Fontan. Là, on fit d'abord une halte à l'église de la Visitation, pour remercier Dieu et ses anges d'avoir accompagné jusque-là nos voyageurs et supplier aussi la Vierge de les assister jusqu'en Piémont ; puis, la pluie ne cessant pas, on s'arrêta longuement à l'auberge. Il restait quatre heures de route pour arriver à Tende. Jusqu'à présent, on avait réussi à distancer l'état-major, l'avant-garde de l'armée, les premières berlines et autres voitures de louage. Quelque cavalier au galop, parfois, les dépassait. « Sont-ils loin ? » lui criait Jouan qui piquait des deux pour le suivre. « Ils sont à Breil », criait l'autre, et il disparaissait. L'averse n'avait pas cessé de battre, et quand le tonnerre finissait de rouler au loin et que la pluie diminuait un peu, on voyait, au-dessus des gorges hurlantes de la Roya, un ciel violet comme gonflé de ténèbres ; au lointain, les cimes désertes étaient opalescentes, les forêts, noires comme des citadelles. Bien que très lasse, Giuditta, protégée par le toit et le capitonnage de sa chaise, ne souffrait pas de la pluie ; les deux porteurs, en bons gaillards habitués au pire et mis en appétit par les pièces d'or que Jouan leur avait données en manière d'acompte, se moquaient du temps ; ils avaient l'estomac plein. Jouan, lui, avait passé une houppelande de berger qui arrêtait la pluie mais, buvant l'eau, s'alourdissait un peu plus à chaque instant : il avait les épaules, les cuisses et les jarrets rompus de fatigue, et son beau cheval commençait à souffrir. Giuditta lui avait tendu une ombrelle, qui avait été aussitôt emportée par le vent. Son tricorne n'arrêtait plus rien : les bords faisaient gouttière, et, au moindre mouvement de tête, il sentait l'eau ruisseler dans son cou. Il le jeta, noua sur sa tête un mouchoir, et, au premier hameau, acheta un de ces grands chapeaux un peu rigides à large bord que les montagnards enduisaient de cire ou de chandelle pour les rendre imperméables.

Ils arrivèrent le soir à Tende.

À quelques heures de nos fugitifs, c'était, sous la pluie montante, un exode général et pitoyable. Certains avaient pu partir en voiture mais avaient souvent préjugé des forces de leurs mules ou de leurs chevaux, et c'était à quel ballot l'on jetterait, à quel homme on dirait de descendre. D'autres, moins chargés, avaient trouvé qui une chaise, qui une charrette de paysan ; d'autres, bien plus nombreux, montaient des ânes, des canassons ; mais, dans cet encombrement panique de la route, la foule, l'immense foule des fuyards, hommes, femmes et enfants, était à pied. Et n'imaginez pas que ce fût une question de classe, les nobles en voiture, les autres à la va-comme-je-te-pousse, non. Mgr de Beausset Roquefort, évêque de Fréjus, s'enfuit à pied en compagnie d'un domestique portant quelques effets ; il parvint à demi-mort en Italie. Le premier président du Sénat, pourtant parti avant les autres, montait un pauvre mulet de charge ; l'avocat-général de Nice dut passer le col de Tende, les pieds trempés, en se soutenant sur un bâton ; la marquise de Cabris, traînant son mari gâteux, son amoureux, sa fille et ses deux bébés, sont également sans monture : on leur a tout volé à Nice et à la campagne ; la marquise marche pieds nus pendant deux jours. Tandis que les comtes Lascaris et Tonduti de L'Escarène, s'étant enfuis en famille, n'ont pas même de linge de rechange. Et le malheur des fugitifs ne s'arrête pas là, car rien n'est prévu sur la route pour accueillir et nourrir, même à prix d'or, une armée en déroute et des centaines, ou des milliers plutôt, de fugitifs. L'armée s'arrange et réquisitionne, mais les émigrés crèvent la faim et se réfugient sous des toits de fortune. On se nourrit, quand on en trouve, de pain de munition ; on mange du riz pendant trois jours avec une seule cuillère en bois pour dix personnes ; le comte de Cessole paye deux louis d'or pour acheter un petit pain à ses enfants ; des marquises dorment sur des lits de fumier, des bourgeois s'abritent sous quelques planches, et des religieux passent la nuit avec des chèvres…

Telle était la situation à laquelle, par miracle, Jouan et Giuditta avaient échappé. La dernière fois qu'ils avaient aperçu l'avant-garde de l'armée, c'était vers Saorge, et l'on disait que l'état-major avait fixé son quartier général à Fontan. Arrivé à Tende, notre héros vendit son beau cheval pour un solide mulet. On se reposa quelques heures, mais, dès qu'on vit au loin le train des premiers fugitifs qui s'approchait, on se lança dans l'ascension du col. – Rien n'effrayait Jouan, mais Giuditta n'avait jamais imaginé qu'on put *voyager* de façon si périlleuse ; de temps à autre, elle tirait les rideaux de la vinaigrette et essuyait quelques larmes. Mais, quand Jouan toquait à la vitre pour prendre des nouvelles, elle lui faisait bonne mine et lui lançait même des plaisanteries.

Enfin l'on arriva, épuisés mais heureux, à Limone, où l'on dormit avec délices. On revendit comme on put la vinaigrette et le mulet (celui-ci bien mieux que celle-là), et l'on repartit en berline de louage. Ce dernier trajet parut un rêve aux deux jeunes gens. La pluie avait cessé, la plaine s'irisait de légères couleurs d'automne ; Giuditta reposait tendrement sa tête sur l'épaule de Jouan. Le jour ne déclinait pas encore quand ils entrèrent dans Turin.

Sans qu'il ait été nécessaire de se consulter, Jouan conduisit Giuditta chez Filippo, qui demeurait au premier étage d'un *palazzo* sis à deux pas de la place Carlina. La jeune femme fut émue de cette délicatesse ; en descendant de la voiture, elle donna un baiser passionné à notre héros en lui disant : « Je t'écris, je t'écris dès demain ! ». Quant à Jouan, il lui semblait avoir accompli une mission ; il se sentit soulagé. Cela le laissait libre de réfléchir à ce qu'il avait à faire. Il régla le postillon, et jetant son portemanteau sur l'épaule, se mit en quête d'une chambre. On lui avait recommandé comme étant très fréquentable l'*Albergo della Dogana nuova*, qui n'était guère loin de San Lorenzo et du palais royal. On y voyait aussi bien des bourgeois que des voituriers. Il s'y trouva bien, le lit était propre et confortable : il y dormit quatorze heures.

Quand il sortit dans les rues, il fut émerveillé. La ville lui parut immense, majestueuse, presque militaire, mais comme nimbée de douceur, grise et pourtant dorée, très animée mais paisible. Quelle singulière impression ! Et quel contraste avec Nice ! Il se dirigea vers San Lorenzo. La façade était bien étrange : on aurait dit un quelconque palais noble. Mais, à l'intérieur, quelle richesse, quelle beauté de formes ! Et cette coupole là-haut qui semblait entraîner toute l'église dans sa ronde... Jouan se signa et alla trouver le sacristain. Il lui demanda si l'abbé Dionisotti était visible. L'autre lui répondit que M. l'abbé venait confesser l'après-midi à partir de quatre heures. « Venez une heure plus tôt, Monsieur, lui dit-il, vous le trouverez à coup sûr. »

C'était un homme de trente à trente-cinq ans, grand, maigre, presque émacié, l'air bienveillant mais un peu contraint, bref: tout l'opposé du chanoine Alberti. Il pria Jouan de le suivre : ils traversèrent l'église et, au fond de la sacristie, entrèrent dans un salon tendu de damas pourpre au-dessus de lambris peints en grisaille. Jouan s'assit dans un des grands fauteuils dorés que lui indiquait le prêtre, lui expliqua en deux mots sa mission et lui tendit le portefeuille qu'il avait porté sur lui depuis son départ de Nice. L'abbé s'en saisit, jeta un œil, et lui dit :

« Auriez-vous l'obligeance de m'accorder un petit moment, Monsieur, pour déchiffrer rapidement ces pièces ?

— Certes, M. l'abbé, répondit Jouan, je puis même revenir demain, si vous le désirez.

— Non, non. Allez admirer la splendide coupole de Guarini et revenez dans une demi-heure, cela suffira. »

Quand il revint, Jouan trouva l'abbé Dionisotti à la fois plus grave et plus cordial.

« Monsieur Dauthier, dit ce dernier, comme vous l'imaginez, je n'ai pas eu le temps de lire le rapport que vous avez établi avec le chanoine Alberti. Je n'en ai saisi que le sens général et, sans aller plus loin, je le ferai parvenir à qui de droit. L'autre missive vous intéresse : on peut dire, sans en exagérer le sens, qu'elle est une fameuse recommandation pour votre avenir. Voulez-vous me dire avant tout si, comme le souhaite M. Alberti, vous désirez le rejoindre à Rome, où il vous assurera toujours de sa protection ?

— M. l'abbé, Dieu m'est témoin que, sans le chanoine Alberti, je ne serais resté qu'un petit campagnard à peine moins imbécile que les autres. Mais la protection que je dois ici à une personne amie et la vieillesse de mon père, resté seul dans son village, aux confins de la France, m'obligent à demeurer dans les États de sa Majesté…

— C'est bien », dit l'abbé Dionisotti. « Avec vous, au moins, on ne tergiverse pas. Voulez-vous alors que je vous recommande au palais ? Vos qualités pourraient vous valoir quelque poste qui vous permette d'être utile sans quitter le Piémont. J'imagine même que vous pourriez servir l'armée dans le Comté. Pour parler franc, je ne jouis peut-être de ma position que parce que je n'y attache aucune importance.

— Mon Révérend, dit Jouan, ces derniers mots me donnent l'occasion de vous avouer que le caractère de M. le chanoine Alberti n'a pas laissé de m'intriguer. Et plus encore le jour où il m'a parlé de vous en me disant : *C'est un autre moi-même.* En bon paysan que je suis, je ne vois rien de commun entre vous. Est-ce que je me trompe ?… N'ayant rien à perdre moi non plus, je me permets cette question : quel rapport peut-il y avoir entre l'enseignement de Notre-Seigneur et *nos* activités ?… »

L'abbé ferma les yeux un instant, puis répondit :

« C'est en effet une question délicate… »

Il y eut un long silence.

« …Puisque nous devons tant au même protecteur, et que nous savons tous deux garder le secret, je vous dirai en deux mots que M. Alberti m'a tiré de la misère, moi et ma famille. Il m'a poussé au séminaire et, une fois prêtre, m'a fait attribuer, dans cette église si belle et si noble (c'est l'église du palais royal), une chapellenie. Je lui dois tout. Je suis un des relais du réseau qu'il a tissé depuis plusieurs années. Je prête la main à tout ce qu'il me demande, mais, pour le servir, je n'ai jamais eu à violer ma conscience ni les enseignements de l'Église. En somme, je ne porte pas de jugement sur l'action politique du chanoine Alberti ; c'est un homme d'une grande intelligence, et nous sommes vous et moi les preuves qu'il est aussi pourvu de cœur. Que cette générosité serve aussi ses desseins, c'est bien possible, mais je n'ai pas à juger de ce que j'ignore, tant que rien de ce que nous savons de ses actions n'enfreint la morale et la religion.

— Tout de même, dit Jouan, quand je pense à ses traits d'esprit, à certaines de ses railleries, à sa liberté quant aux mœurs (dont j'ai tiré profit, je l'avoue sans honte), je ne sais que penser.

— Ce n'est certes pas un prêtre *romantique*, dit Dionisotti en souriant ; c'est un homme de son temps, un *abbé poudré*, que nous importe ? Imaginons même qu'il soit duplice et libertin, est-ce que cela nous regarde ? Il nous a procuré les moyens de faire le bien, à nous d'en tirer parti, non ?

— Vous avez raison, M. l'abbé, et je vous remercie de cette petite leçon que vous venez de me donner.

— N'y voyez pas une leçon, M. Dauthier. C'est entre nous une conversation amicale. Mais revenons à vous. Que désirez-vous enfin que je puisse faire ?

— On ne saurait refuser votre proposition d'être introduit au palais ; et l'idée de servir dans l'armée ne me déplaît pas du tout, tant j'ai souffert de voir nos troupes abandonner ma patrie, fût-ce pour la bonne cause.

— C'est bon, dit l'abbé Dionisotti. Je vais dès demain matin transmettre la missive de M. Alberti et vous recommander.

XIII
Nouvelle éclipse de Giuditta. – Jouan poursuit son ascension en embrassant l'état militaire

Deux jours après leur arrivée à Turin, fidèle à sa promesse, Giuditta écrivit quelques lignes à Jouan. Des lignes pleines de fièvre, mais qui ne laissaient à notre héros que peu d'espoir de revoir sa bien-aimée avant quinze jours au moins. « Elle est en pleine *philippo-nade* », se dit-il tristement. Il avait inventé ce mot pour tenter de donner un peu d'ordre à la syntaxe désordonnée du cœur de Giuditta. Cependant, il trouva un merveilleux dérivatif (et même, disons-le, une sorte d'oubli) dans l'effet surprenant que produisit l'intervention de l'abbé Dionisotti.

Trois jours ne s'étaient pas écoulés depuis sa rencontre avec le chapelain de Notre-Dame-des-Suffrages (c'était là le titre de l'abbé Dionisotti) qu'une estafette vint en effet lui remettre à son auberge un pli splendidement cacheté. Le secrétaire du général-comte

Thaon de Saint André priait notre héros de se rendre le lendemain au palais de Son Excellence, *contrada dell'Ospedale*, pour une audience privée. – Malgré toute l'aisance qu'il avait acquise dans ses deux dernières années, Jouan se sentit chanceler. Il alla en hâte se faire couper une nouvelle chemise et acheter une paire de bas. Et le lendemain, après s'être fait friser et avoir avalé un verre de vermouth pour se donner du cœur et ne pas avoir l'air trop gauche, il se rendit au palais. Il déclina son identité ; un domestique en grande livrée le pria de le suivre. Il monta un escalier splendide qu'éclairaient *a giorno* de grandes verrières cintrées ; s'ensuivit une galerie peinte à fresque, pleine de déesses, de guerriers barbus et d'angelots ; enfin on l'introduisit dans le bureau du comte.

Le général Charles François Thaon, comte de Revel et Saint-André, dit le comte de Saint-André, était un des premiers personnages du royaume. Après s'être magnifiquement battu pendant les guerres précédentes, il avait été commandant de la place de Nice pendant plusieurs années, puis vice-roi de Sardaigne. Il ne s'imaginait pas que, durant l'épouvantable tempête que Napoléon allait déclencher sur l'Europe, l'héritier de Victor-Amédée, réfugié en Sardaigne, le nommerait lieutenant-général des États de terre ferme avec les pleins pouvoirs d'un régent… Quand il reçut Jouan, c'était un homme de 66 ans, de taille moyenne, les yeux clairs, tantôt perçants tantôt rêveurs, le nez un peu bourbonien, vêtu d'une jaquette de soie galonnée de broderies, sur laquelle brillait le cordon de l'ordre des Saints-Maurice-et-Lazare. Une cravate immaculée nouée en jabot dissimulait assez bien le cou un peu gras, légèrement rougi par le rasoir. La perruque était grise mais élégante ; la main aimable, qui invitait Jouan à s'asseoir.

« Monsieur Dauthier, vous nous êtes chaleureusement recommandé, sans qu'on sente là-dessous la moindre petite intrigue. C'est tout à fait extraordinaire… »

Ce trait amusant détendit Jouan, qui trouvait déjà le comte beaucoup moins impressionnant qu'il ne l'avait craint.

« Et nous sommes un peu compatriotes, n'est-ce pas ?

— Certes, M. le comte, mais la famille de Votre Excellence, si je ne m'abuse, est originaire de Lantosque. Ce que je sais surtout, c'est que vos années de commandement à Nice ont laissé un profond souvenir, et votre départ beaucoup de regrets…

— C'est très gentil, mon petit… »

(Le comte utilisait cette expression fréquemment, non tant avec ses fils, qu'il avait élevés à la dure, qu'avec ses jeunes officiers. Il avait l'âme vaillante et pleine d'autorité, mais, à l'image de son souverain, il aimait ses soldats et n'envoyait jamais ses troupes au massacre.)

« Mais revenons à vous. Vous avez de multiples talents. Vous êtes solide, cultivé, observateur, un peu fougueux, semble-t-il, mais bon marcheur, bon cavalier ;

vous faites un excellent secrétaire ; vous parlez couramment le français, l'italien et le patois…

— Le gavot, M. le comte, pas le dialecte de la Vésubie ou de la Roya…

— Cela s'apprend vite pour quelqu'un tel que vous. Vous tirez aussi, je crois ?

— Oui, Excellence.

— À quelle arme ?

— Au sabre et à l'épée, Excellence.

— Fort bien. Mais vous êtes sans expérience militaire ?

— En effet, dit Jouan, je ne suis que le fils d'un petit notable de campagne…

— Nous connaissons cela… », dit en souriant le comte, dont les aïeux occupaient à peu près le même rang trois ou quatre siècles plus tôt. « Il me paraît bien naturel, en tout cas, reprit-il, que le chanoine Alberti, que je connais un peu, vous ait pris en amitié. En somme, vous conquérez tous les cœurs… »

(Jouan comprit que, dans le portrait qu'il avait tracé de lui, le chanoine n'avait rien caché de ses frasques.)

— C'est plus qu'exagéré, M. le comte, dit-il en rougissant. Mais j'avoue que j'aimerais beaucoup plaire à Votre Excellence…

— Comme je vous sais digne de confiance, je vais vous faire part d'une information tout à fait secrète encore. Dans quelques jours, Sa Majesté va officiellement me remettre, sous l'autorité de S. A. R. le duc d'Aoste, le commandement de l'armée du Comté. Je vous propose de vous prendre comme officier subalterne (lieutenant : vu votre âge, je ne puis faire mieux) dans mon état-major. Vous ne serez, cela va de soi, ni mon ordonnance ni mon secrétaire (j'ai tout ce qu'il me faut de ce côté-là), ni mon aide de camp (ce sera mon fils cadet, le comte de Revel). Mais je vous confierai des missions personnelles, probablement en liaison avec les milices et les *barbets*. Qu'en dites-vous ?

— Mais que je suis comblé, M. le comte...

— Je pourrais vous orienter vers le nouveau corps des chasseurs-carabiniers du chevalier de Canale, mais, s'ils sont costauds, ils ne sont guère fréquentables ; je vous verse dans les Troupes légères du général Dellera ; ce sont essentiellement des chasseurs, eux aussi, et cela vous conviendra mieux. Je vais prévenir Dellera de votre position ; vous ne dépendrez que de moi. Dès demain, allez chez le tailleur des magasins de l'armée vous faire couper un uniforme. Je vais vous donner un billet. Je ferai préparer d'ici deux jours votre brevet d'officier. Je pars instamment pour Saluces où nous préparons la formation d'un corps d'armée ; de là j'irai inspecter la ligne des Alpes. Vous recevrez mes ordres à votre hôtel le moment venu. Je vous souhaite bien le bonjour, cher M. Dauthier.

— Je ferai tout pour me montrer digne de la confiance de Votre Excellence. Mes respects, M. le comte. »

Et, s'inclinant de façon déjà très militaire, Jouan se retira. « Ah, pensait-il en revenant vers son hôtel, quel grand seigneur ! Quel homme aimable ! Quand je me rappelle l'arrogance de certains nobles français ! Qu'ont-ils fait jusqu'à présent pour défendre leur roi ?... » Il oubliait, bien sûr, ou il ignorait peut-être, tous les complots que la bonne noblesse française avait imaginés pour délivrer, au prix de son sang, Louis XVI et la reine. Il ne connaissait que les émigrés de Nice.

Mais ses pensées dérivèrent très vite vers son nouvel état.

« Mon Dieu, se dit-il, me voici lieutenant des Troupes légères de Sa Majesté ! Quelle histoire ! Il faut que j'écrive cela à mon père... »

C'est ainsi que M. Dauthier reçut quelque sept ou huit jours plus tard des nouvelles de son fils. Le pli, cacheté de Turin, était passé, au gré des courriers, d'abord militaires et puis civils, par Coni, Boves, Saint-Dalmas, Tende (où résistait solidement l'armée sarde), puis Breil, Puget-Théniers et Saint-Pierre, toutes positions que n'occupait pas encore l'armée française, encore bloquée à Sospel, le général d'Anselme n'ayant pas encore reçu les renforts qu'il attendait pour conquérir le Comté. – Mais Jouan n'écrivit pas seulement à son père. Une longue lettre à Giuditta disait : « ...Malgré mon chagrin et les souffrances que j'endure à être privé de vous, je suis heureux, ma belle amie, ma chère âme, de vous savoir chez M. Cortesi. Je viens en effet d'être nommé lieutenant et je pars d'ici peu de jours pour le front des Alpes. Je ne sais quand je vous reverrai et mon cœur se déchire à cette pensée, etc. » Il achevait sa lettre en la tutoyant de façon très amoureuse. La belle ne fut pas en reste et manda une lettre fleuve à son amoureux, disant : « … *Tesorino mio*, je ne vois pas l'heure [c'était un italianisme] de me retrouver dans tes bras ; mais, pour lors, et bien qu'il m'ignore toujours autant – ce qui te réjouira, mais ce qui, pour une jolie femme, est fort insultant –, je ne suis pas fâchée d'être chez Filippo, car sa danseuse l'a méchamment laissé choir pour un marquis très noble et très riche, qui sera le prochain grand-veneur du Roi si M. Provana de Leynì veut bien se décider à mourir. Bref, Filippino est au désespoir, et je le console avec des tisanes et quelques *lieder* bien mélancoliques, car, contrairement à ce que nous racontent MM. les docteurs en médecine, il faut savoir soigner le mal par le mal. (…) – J'espère bien chanter à Venise la saison prochaine, mais où seras-tu alors ? Surtout ménage-toi et ne te fais pas tuer ! Je ne te permets même pas d'être blessé ! J'essaierai de m'échapper quelques minutes avant ton départ pour te serrer dans mes bras et couvrir de baisers ton visage d'ange, *addio, addio, amore mio, addio* ! Ta G. »

Cette lettre insensée si l'on songe que les deux amants demeuraient dans la même ville, à moins d'un kilomètre l'un de l'autre, et qu'aucun obstacle matériel n'empêchait qu'ils se rencontrassent, jeta Jouan dans un étrange état d'âme. Sans exactement le formuler, il sentait que cette femme si belle, si rare, si délicieusement folle, et qu'il désirait toujours avec autant d'ardeur que lors de leur rencontre, ne pourrait jamais être tout à fait à lui, pas plus qu'à n'importe quel autre rival, fût-il empereur des Indes. Pour en être vraiment aimé, il n'aurait pas fallu la toucher ; la posséder, c'était la perdre. C'est ce que Filippo, son grand rival, avait compris. Le souvenir de Nanette dissipa un peu la tristesse qui montait aux yeux de Jouan. Il écrivit à la jeune fille quelques lignes très tendres, en lui recommandant de prendre soin de M. Dauthier, qui vieillissait seul avec ses domestiques et ses rares amis.

Trois jours plus tard, Jouan oubliait tout à fait ses amours en revêtant son nouvel uniforme. Ah, quelle allure il avait dans son gilet blanc et son habit de drap marine à revers bleu de roi ! Ses guêtres noires, montant jusqu'au dessus du genou, tranchaient admirablement sur sa culotte immaculée, et son tricorne noir galonné d'argent et piqué d'une cocarde bleue était d'une élégance folle sur sa petite perruque. Le sabre lui battait agréablement les mollets, et il pensa qu'il aurait eu l'air encore plus martial s'il avait gardé sa petite moustache. – Néanmoins, quand il prépara son bagage, il eut soin de prendre des vêtements plus propres à la guerre de montagne : des chemises de futaine, une culotte de gros drap, une *taillole* de laine, de bonnes bottes, sa houppelande de berger et le chapeau ciré qu'il avait acheté sur la route de Tende. Sans compter sa dague et ses pistolets.

L'ordre vint en effet de rejoindre le fort de Saorge le 20 octobre. Jouan y partit le cœur presque en fête. Il n'avait pas revu Giuditta, mais il n'était plus le jeune homme naïf que les disparitions de sa belle accablaient de désespoir. Il sauta sur un cheval et rejoignit la forteresse de Saorge aussi vite qu'il le put. Le colonel de Saint-Amour commandait la place forte. C'était un homme assez sec mais sans grandeur ; il ne pensait guère qu'à faire son devoir, sans héroïsme. Il accueillait à ce moment-là les officiers supérieurs que le général de Saint-André avait requis au même endroit, le même jour. Sans rien en montrer, Jouan fut impressionné par tous ces chefs de corps aux uniformes éclatants. Il se fit tout petit et observa. Le comte de Saint-André, en l'apercevant, lui dit aimablement : « Bonjour, Dauthier » et reprit sa conférence avec le major-marquis de Castelberg, le commandeur d'Osasque, le capitaine Ignace de Revel (son propre fils), Saint-Amour, le commandant Streng, le sous-adjudant général Alciati, et autres officiers. Quand on se sépara, un grenadier accompagna Jouan à son logement : un réduit qu'éclairait assez mal une petite meurtrière. Jouan se jeta sur le lit de camp, souffla sa lanterne et s'endormit.

Il fut réveillé le lendemain à l'aube par le soldat, à peine plus âgé que lui, qu'on lui avait donné comme ordonnance. Sur ordre de Saint-André, le capitaine de Revel, à la tête d'une cinquantaine de miliciens, le faisait demander pour aller reconnaître avec lui le hameau fortifié de La Giandola entre Saorge et Breil. Le capitaine lui dit : « Vous êtes sous mes ordres ; mais rien ne vous empêche, si vous le jugez bon, d'agir seul ou avec quelques miliciens. Il suffira de m'en avertir d'un coup d'œil ou d'un signal. » À La Giandola, il y avait une bonne auberge, joliment peinte en rose, quatre ou cinq fermes, une bonne odeur de bêtes et de fourrage, et l'on se serait volontiers arrêté pour boire un verre, quand un éclaireur lancé en avant vint annoncer qu'une patrouille française entrait dans Breil. Revel et ses hommes s'avancèrent à couvert le plus loin possible, et, grimpé sur un rocher, le capitaine suivit leur mouvement avec sa lunette. Voyant qu'une autre patrouille piémontaise marchait à l'ouest du même village vers la tour de la Crivella, il fit donner soudain un feu nourri. Jouan lui fit un signe, prit deux miliciens avec lui et, profitant de la fumée de la fusillade, dévala vers le village. Avec la prestesse d'un vrai rapace, il se jeta sur le dernier Français qui s'enfuyait : le bâillonnant d'une main, lui tordant le bras de l'autre, il s'aplatit dans la broussaille en l'écrasant de tout son poids : l'autre étouffait, crachait, se débattait, mais il lâcha finalement prise. Ses camarades avaient filé depuis beau temps. Jouan et ses deux hommes ramenèrent au capitaine le prisonnier, qui fournit des informations sur les positions françaises « Ma foi, vous commencez bien, lui dit Revel, je m'en vais raconter ça au général. »

Mais la suite, pour être victorieuse, ne fut pas toujours aussi rose. Les Français ayant reflué, Saint-André poussa sa ligne de front vers l'avant : laissant ses magasins à Saorge, il occupa Breil, établit redoutes et défenses jusqu'au col de l'Authion, et déplaça son quartier général à La Giandola. Jouan y reçut l'usage d'une chambre plus spacieuse qu'à Saorge. En même temps, les troupes révolutionnaires françaises, commandées par Brunet et Barral, commettaient toutes sortes d'humiliations et d'horreurs à Sospel, à Belvédère, à Levens, Les paysans, excédés, commencèrent à s'armer et, tombant sur les postes détachés, les massacraient. De son quartier-général à Nice, d'Anselme envoya le colonel Dumerbion réprimer la résistance. L'officier français laissa faire ses soudards. Jouan, envoyé par Saint-André en mission de reconnaissance, put entrer dans Sospel. Ce qu'il vit le terrifia. La petite ville charmante qu'il avait connue était à demi incendiée. La place de la cathédrale était jonchée de cadavres qui pourrissaient déjà sous le soleil ; au milieu des maisons et des boutiques saccagées, de jeunes *barbets* avaient été pendus à des gibets de fortune, des femmes violentées, des bébés jetés de leur berceau, et des vieillards achevés à coups de crosse… Le mur sud de la chapelle de la Sainte-Croix avait servi à fusiller en masse les pénitents et les prêtres. L'un d'entre eux, troué de plusieurs balles, vivant encore, agonisait atrocement. Jouan s'approcha de lui ; le prêtre ne pouvait plus parler ;

son regard était empli d'effroi. Jouan lui caressa la joue, dessina sur son front le signe de la croix, et, tirant son pistolet de sa taillole, il l'acheva.

Il alla vomir sur les rives de la Bevera, et s'enfuit. C'était sa première rencontre avec l'horreur.

XIV

Où l'on voit Jouan, parfois très en colère, poursuivre la guerre des Alpes

Du haut de son quartier-général, Saint-André ne tarda pas à repousser vers Levens les troupes françaises, qui, cependant, résistaient toujours à Sospel. Il envoya vers la petite ville martyrisée quatre colonnes, qui, prenant en tenaille les révolutionnaires, les obligèrent à déguerpir, laissant sur le carreau cent cinquante hommes tués ou blessés, quatre canons et quelques prisonniers, dont un officier d'infanterie. Le général Brunet s'enfuit vers L'Escarène, tandis que le major de Castelberg, repoussant Masséna, s'établissait à Lucéram. Le plan de Saint-André prévoyait de profiter de cette retraite pour foncer vers Nice et occuper Antibes et Monaco. Hélas, à la suite d'un conseil de guerre houleux à Turin, le roi suivit l'avis des temporisateurs. Saint-André, à contrecœur, consolida donc sa position autour du col de Brouis, en faisant bâtir des redoutes qu'il arma puissamment. Chaque jour, une heure avant l'aube, des patrouilles partaient de tous les points de la ligne de défense pour rendre compte des positions de l'ennemi et donner l'alerte en cas de mouvement offensif. Jouan ne fut pas peu utile dans le déploiement de ces unités légères qui ne communiquaient qu'à travers des signaux lumineux ou des dépêches que transmettaient des piétons au pas de course.

Le général-baron Dellera, rappelé de Turin par Saint-André, arriva au début janvier 93 à Breil avec trois bataillons. L'arrière de l'armée austro-sarde était d'autant mieux protégé que les neiges et les brumes avaient depuis un mois commencé à couvrir les montagnes. Toujours levé avant ses hommes, Jouan, sa taillole autour des reins et drapé dans sa houppelande boutonnée jusqu'au col, regardait pensivement ces paysages immenses où floconnait parfois au loin la fumée des fusillades ou de quelque masure embrasée. Le canon ne tonnait plus. Saint-André profitait de l'hiver pour entraîner ses hommes. Jouan s'occupait spécialement des miliciens, et il avait suggéré que la moindre patrouille, le moindre poste eût le sien, car à eux seuls ces hommes, connaissant à merveille la nature, les chemins, les accidents de leur *petite patrie*, pouvaient sauver toute une compagnie. Mieux : invisibles sur des falaises inatteignables, ils pouvaient écraser l'ennemi en faisant rouler d'énormes rochers sur les pentes, et, sur le terrain, ils s'embusquaient si bien que, plus d'une fois, des soldats français avaient été capturés sans avoir eu le temps de comprendre ce qui leur arrivait.

Un jour de la mi-janvier, Saint-André fit appeler Jouan. Il y avait là deux jeunes gentilshommes, l'air mi-soldat mi-brigand et visiblement parents, que le général lui présenta. « J'ai autorisé MM. de Sainte Marguerite à opérer à leur manière sur des points parfois éloignés de notre ligne de front. Opérations de diversion, coups de main qui désarçonnent l'adversaire, rapines même… C'est bien utile, parfois », ajouta Saint André en souriant. « Voulez-vous les accompagner dans leur prochain coup de main ? Vous devriez vous entendre. »

Jouan accepta d'emblée. Ils prirent avec eux une quinzaine de miliciens et deux *barbets*, dont le fameux Antonin Raybaud – dit La Fleur, précisément parce qu'il ne faisait pas dans la dentelle… –, et se mirent en marche le lendemain à l'aube. Le ciel était froid mais d'un jaune pâle, et presque brillant. Les montagnes encore noires semblaient étouffer dans l'ombre de leurs grands feuillages les pas de la troupe. Marchant plusieurs jours vers l'ouest, en contournant le front par la Vésubie et la Tinée, les deux frères, Jouan et leurs hommes s'abattirent enfin sur Puget-Théniers : sans canon ni mortier, simplement armée de ses fusils et de ses sabres, la petite compagnie chassa en quelques heures les Français qui occupaient la ville. Ce ne fut pas tout de même sans combattre. Au moment qu'il débouchait d'une ruelle pour prendre à revers deux

Volontaires du Var postés rue du Ghetto, Jouan sentit une vive brûlure à la main gauche en même temps qu'éclatait le bruit d'une mousqueterie. Cette blessure le laissa tout à fait indifférent. À la joie de cette victoire insigne qu'il venait de remporter se mêlait cependant le chagrin d'être à quatre ou cinq heures de marche de son village sans pouvoir aller y embrasser son père et Nanette. Il écrivit un billet pour rassurer le premier et un autre à l'attention de M. Barlet, en lui recommandant de nouveau la santé de M. Dauthier. Il ne restait plus qu'à trouver un piéton de bonne volonté. Un jeune paysan, petit de taille mais l'air robuste et gai, qui le félicitait pour la libération de la bourgade lui dit : « M. le lieutenant, on dit que vous êtes un *païs*. Est ce vrai ? ajouta-t-il avec comme une mine d'espoir.

— C'est vrai, lui dit un peu tristement Jouan. Si je passais le col de Saint-Raphaël, en deux heures je serais rendu… Serais-tu prêt à y porter deux lettres ?

— Bien sûr, mon lieutenant. Ce sera un plaisir que de vous rendre service.

— Merci, dit Jouan, tu es bien aimable. Alors voici les deux billets : l'un est pour mon père, et l'autre pour M. Barlet, le chirurgien du village. Quand tu les auras remises, va trouver discrètement la fille de M. Barlet ; elle s'appelle Nanette. Dis-lui en secret, de ma part… qu'elle n'a pas quitté mes pensées. »

Le jeune gars refusa fermement la pièce que déjà Jouan lui glissait dans la main, et disparut. Jouan, lui, refoula son chagrin, et entraîna plus vivement encore les frères Sainte-Marguerite vers le nord, du côté de Guillaumes, et, à chacun des villages qu'ils traversaient, ils abattaient l'arbre de la liberté sous les ovations du peuple. Les trois jeunes gens revinrent enfin à La Giandola en ramenant avec eux des prisonniers : un commissaire français et dix soldats qui rançonnaient ces villages. La joie de cette expédition (qui valut à Jouan d'être nommé capitaine) s'envola lorsque, le 23 janvier, parvint au quartier général cette nouvelle affreuse : le roi Louis XVI était mort sur l'échafaud. Notre héros ne fut pas le seul à pleurer cette grande figure chrétienne qui, en mourant, signifiait qu'avec lui tout un monde était mort.

C'est alors qu'à la tête des troupes révolutionnaires arriva Biron, récemment nommé en remplacement de d'Anselme. Il avait été un grand seigneur joueur et libertin (il n'était pas pour rien duc de Lauzun), il était devenu un grand général. S'ensuivit alors une série d'offensives et de contre-offensives où Saint-André eut fort à faire. À ces actions et à celles qui suivirent dans un mouvement incessant d'allers et retours des deux armées, notre héros, aguerri, participait avec sa fougue habituelle, mais une fougue bien moins joyeuse depuis qu'il avait vu ce que la guerre dissimulait derrière les uniformes éclatants, les fifres, les tambours et les flammes des bannières. Il apprit aussi que les fortunes les plus solides ne sont jamais à l'abri de rien. Le roi, qui avait tant complimenté le comte de Saint-André pour son admirable commandement, se trouva contraint, par ses accords avec l'Autriche, d'accepter un inspecteur général des troupes austro-sardes en la personne du général-baron de Wins. Saint-André se découvrit ainsi un supérieur, avec lequel il devait désormais parlementer. Cela lui fut d'autant plus désagréable que, tout rigoureux qu'il était en matière de discipline, il avait un rapport direct avec ses hommes, qu'il veillait à leur salut et ne lésinait pas sur le vin et l'eau-de-vie qui pouvaient adoucir un peu la dureté des campagnes. De Wins, lui, qui avait combattu les Turcs dans les plaines de Hongrie, était sans cœur, et, d'un point de vue tactique, ne cessait, Dieu sait pourquoi, de temporiser. Pour la seconde fois Saint-André reçut l'ordre de se tenir sur la défensive, alors même qu'avec les beaux jours on voyait se profiler le moment de lancer une offensive. En mai, au général Strassoldo, subordonné de De Wins, qui lui disait être hors d'état d'agir, il écrivait avec l'amère ironie de l'âge : « En ce cas, prions pour les autres, mon cher camarade ; et plutôt que de tenir les bras croisés, levons-les au ciel tandis que l'on combat autour de nous »…

La preuve de l'impéritie ou de la mauvaise foi de De Wins éclata après l'offensive des 8 et 12 juin 93. Devant la pression française, l'armée austro-sarde avait été obligée de reculer de quelques kilomètres. Saint-André déplaça son quartier général à Fontan et, de là, organisa si bien sa défense sur toute la ligne de front, dont le centre était l'Authion, que les deux colonnes françaises de Brunet et Sérurier, malgré leur nombre et leur bravoure (« il y avait de l'héroïsme dans la valeur aveugle avec laquelle, marchant sur leurs morts, ils s'approchaient de nos retranchements... » écrivit avec admiration le comte de Revel), durent reculer devant l'inflexibilité des troupes de l'armée sarde. C'est au cours de cette grande bataille que Jouan, ayant rejoint un bataillon qui défendait, avec le IXe grenadiers de Biscaretto, les positions piémontaises sur les hauteurs de Rogier, fut à nouveau blessé, à la jambe cette fois-ci, ce qui ne l'empêcha pas, emporté par sa fureur, de poursuivre les Français lorsqu'ils battirent en retraite. C'est presque à contrecœur qu'il passa se faire rapidement soigner la cuisse dans une ambulance. De cette résistance héroïque et victorieuse, à laquelle assista le duc de Chablais, de Wins, dans ses bureaux de Turin, ne fit aucun cas. Le duc, quant à lui, fit des feux de réjouissances, gratifia magnifiquement les soldats, tandis que Saint-André visitait paternellement les hôpitaux de Saint-Dalmas, Tende et Saorge, où gisaient à peu près six cents blessés.

Le narrateur, posté depuis quelque temps sur les cimes ennuagées du Mercantour, pourrait suivre le fastidieux déroulement de ces combats et autres escarmouches. S'il en avait les moyens, il conterait comment une poignée de *miliciens* capturèrent le général Casabianca (belle monnaie d'échange pour Saint-André) ou comment, à l'inverse, le cadavre de l'héroïque barbet François Fulconis, dit Lalin, pris par les Français, fut cloué sur la porte de la maison de sa mère puis traîné dans les rues de Nice avec le succès qu'on imagine. Mais braquons de nouveau notre lunette sur Jouan tantôt vainqueur, tantôt vaincu, toujours mordant avec l'ennemi, simple avec ses hommes comme avec ses chefs. Et le cœur malmené par sa tendresse naturelle, accrue par une chasteté forcée. Qu'était devenue Giuditta, dont il n'avait plus de nouvelles depuis qu'elle avait chanté à la Fenice pour le Carnaval ? Comme le temps passait ! Et qu'il était douloureux de revoir en rêve le tendre corps qui s'abandonnait jadis dans ses bras... Ce chagrin rendait plus cruelles ses entreprises ; il avait même une ou deux fois éprouvé un vrai plaisir en sentant son sabre déchirer le flanc ou le poitrail d'un sans-culotte. La guerre lui avait autant aguerri le poignet qu'endurci l'âme, mais il n'en avait pas perdu le sens de l'honneur. C'est ainsi qu'il avait rigoureusement interdit le viol à ses hommes. « Vous avez des vivandières sous la main ; si elles ne cèdent pas, apprenez donc à leur faire la cour, sacrebleu ! Et puis l'on trouve toujours ici ou là des filles un peu faciles ; contentez-vous-en. Les habitants de ces villages sont vos compatriotes ; secourez-les, si c'est possible ; rançonnez-les poliment, quand vous avez des ordres de réquisition. Et rappelez-vous que les révolutionnaires sont sales et boivent quatre fois plus de vin que nous. Ce sont des porcs. Pourquoi nous battons-nous si nous nous comportons comme eux ? Celui qui viole une femme, quel que soit son âge, même une vieille, dit-il en ricanant, je lui brûle la cervelle. » Et l'on savait qu'il ne plaisantait pas. Il avait fait ses preuves. Saint-André l'aimait ; ses compagnons, quand ils ne le jalousaient pas, l'admiraient ; ses hommes le suivaient aveuglément. Il aurait pu poursuivre ainsi toute la guerre, et, appuyé par Saint-André, faire une brillante carrière dans l'armée sarde. Il aurait encaissé tous les échecs et serait resté fidèle à ses protecteurs et à son roi. Mais voici ce qu'il advint.

Un matin de septembre 93, Saint-André fit appeler Jouan et lui dit : « Dauthier, vous savez quelle confiance j'ai en vous. Aussi vais-je vous parler franchement. Le baron de Wins n'est pas un mauvais militaire, loin de là. J'ai tout lieu de penser que, s'il a tergiversé jusqu'à présent, c'est qu'il a reçu des ordres secrets de l'empereur François II qui l'obligent à se tenir sur la défensive pour garder les portes de l'Italie, sans rien entreprendre qui puisse augmenter la gloire et la puissance de la maison de Savoie. Triste calcul qui nous vaut de perdre inutilement des hommes, de l'énergie, des munitions, et dont nous verrons plus tard le résultat. Pour masquer peut-être son inaction par un mouvement qui ait quelque apparence de bonne stratégie, je viens d'apprendre qu'il pense opérer une manœuvre à l'ouest du comté, officiellement destinée à prendre à revers les armées révolutionnaires et les couper de leur base. Le verrou à faire sauter s'appelle Gilette, région que vous connaissez bien, n'est-ce pas ?

— Oui, Excellence.

— Ce qui est étrange, voyez-vous, c'est qu'il m'en a prévenu de façon oblique et que je ne le vois préparer aucune manœuvre de diversion. Bref, je le soupçonne de vouloir une fois de plus nous rouler dans la farine. Allez le trouver de ma part à son quartier-général à Malaussène (je vais vous donner un billet lui expliquant qui vous êtes), et dites-lui que vous vous mettez à sa disposition. Seul ou avec vos hommes. Pour la reconnaissance ou le combat. Et vous me rendrez compte de vos mouvements par courrier.

— Je pars sur-le-champ, M. le comte. »

Jouan arriva le soir même à Malaussène, petit village posté sur la rive droite du Var, où il fit remettre au général le billet de mission de Saint-André. De Wins, évidemment, le fit attendre deux jours et finit par lui dire de prendre langue avec le major Belmond. Cet officier était un grand type énorme (il dépassait Jouan d'une bonne tête), à belle moustache et sourire aimable. Sous ces dehors bonhommes, c'était un officier extrêmement brave. Il commandait un détachement de miliciens. Les deux hommes n'eurent pas besoin de causer longtemps pour s'entendre. Jouan avertit aussitôt Saint-André que de Wins préparait un coup de main sur

Gilette, mais qu'on temporisait encore. En attendant, Belmond l'invita à battre avec lui les environs du mont Vial, en explorant ainsi de plus en plus bas le relief jusqu'à faire des reconnaissances sur Bonson et Gilette. Le 30 septembre, de Wins donnait l'ordre d'attaquer. Belmond avait divisé son corps en quatre centuries et, ayant déjà deux bons capitaines, il confia la quatrième à Jouan, qui reçut pour mission de prendre le Colombier, à l'ouest du village, tandis que les trois autres centuries appuyées par une petite arrière-garde croate, attaqueraient l'est et le centre. On attendit la nuit. Belmond fit envelopper de chaume ou de feuillage tendre les bottes de ses hommes. Sur les maquis dominant le village, la nuit, bien que sans lune, était pure, brillante même, et l'on redoubla de précautions. On assaillit les petites redoutes qui dominaient le village sans le moindre coup de feu, à la baïonnette, sans que les gardes aient eu le temps de pousser autre chose qu'un hoquet. On dévala vers les toits, les ruelles. Et les sentinelles du 3e Chasseurs corses qui gardaient le village furent si surprises par le choc des Sardes qu'elles se débandèrent, tiraillant un peu au hasard dans les rues, et refluèrent vers le château qu'occupait le reste du bataillon. Pendant que Belmond prenait ainsi la place, Jouan, ayant découvert une tranchée qui traversait la prairie du Colombier jusqu'à la maison du comte Caÿs, fusilla les sentinelles et courut par la même voie retrouver Belmond et sa troupe au cœur du village, où l'on venait de capturer le commandant de la garnison. Restait à prendre le château. Mais, au moment même où la belle milice sarde s'élance de trois côtés à la fois, elle reçoit une terrible mousquetade du haut des murailles ; Belmond s'écroule, très salement blessé ; les tirailleurs corses redoublent le feu, tandis que les autres, déboulant du château, s'emparent de Belmond et de plusieurs de ses hommes. Jouan tente de libérer le major ; du sabre et du stylet, il se bat comme un lion, évite de justesse un coup de pistolet que lui décharge un Corse (la joue lui brûle), en culbute deux ou trois, mais les capitaines des deuxième et troisième centuries sont tués, les miliciens se débandent, et Jouan, obligé de se replier, rameute comme il peut la troupe dispersée, qu'il ramène enfin vers Malaussène.

Il était plein de rage. Décidément, Saint-André avait raison, c'était à croire que de Wins sacrifiait les hommes et les munitions pour perdre du temps ! Il eût suffi de quelques pièces d'artillerie légère postée sur la Longia pour démolir la garnison du château, ou du moins lui donner du grain à moudre, et d'une deuxième vague d'infanterie pour prendre définitivement la place. Et Gilette prise, en six heures on était à Nice... Jouan n'attendit pas d'être à Malaussène pour expédier un premier rapport à Saint-André : arrivé à Revest, il écrivit en hâte une missive, qu'il confia à un coureur. – De retour au camp, Jouan vint faire son rapport au général de Wins, qui le félicita du bout des lèvres de lui avoir sauvé ses Croates et une partie de la milice. La mort des deux autres capitaines et la capture de Belmond blessé ne semblaient pas l'affecter. Jouan, raide dans ses bottes, ne put réprimer un sourire de mépris, claqua des talons et sortit.

Quelques jours plus tard, il apprenait la mort de Belmond dans un hôpital français.

XV

Jouan, blessé par une arquebusade, retrouve le chapelier de Castellane

« C'est le cœur navré que je t'écris, puisque je ne puis te donner de bonnes nouvelles. Voilà plus d'un mois écoulé sans que nous ayons avancé le moins du monde. Le général [de Wins] est toujours à Malaussène, il a éparpillé ses troupes de manière à ne pouvoir rien faire, et je crois que c'est son intention. (...) Je n'espère pas qu'il agisse de sitôt : j'ai cru entrevoir que son plan était de tenir où il se trouve. (...) Le duc d'Aoste doit, dit-on, aller joindre le général à Malaussène avec ce qu'il lui reste de troupes le 14. Voilà un mouvement, mais si nous mettons autant de temps à en faire un second qu'un premier, nous ne serons pas demain à Nice !... »

Tels étaient les propos passablement acides que le comte de Revel, fils aîné de Saint-André, tenait par lettre à son propre frère cadet. Personne ne se faisait plus d'illusions sur la conduite du général autrichien, au point que le roi en personne, malgré son âge, avait passé Tende à la fin août et campait dans la région de Saorge. Sa présence galvanisa les troupes, établit clairement que le souverain soutenait les plans de Saint-André et s'offusquait des atermoiements de De Wins. Avec Saint-André, il emporta de vive force le camp français de Flaut et contraignit ainsi le général autrichien, lui-même pressé par le duc d'Aoste qui l'avait rejoint, à opérer un mouvement offensif. De Wins, ayant déplacé son quartier-général à Revest, lança donc une nouvelle attaque sur Gilette, mais avec tant de retard et de maladresse qu'il subit une cuisante défaite et perdit 800 hommes, parmi lesquels 400 furent faits prisonniers. Le duc d'Aoste lui-même, si aimable et si brave, dut s'enfuir seul à cheval, puis à pied, et traverser le Var aidé par un bon vicaire.

Et Jouan dans tout cela? Notre héros n'eut ni le temps ni la tristesse de voir cette défaite. Commandant en second la compagnie franche du capitaine Pian, chargé de prendre à nouveau le fameux Colombier, le combat était à peine engagé qu'il se trouva aussitôt sous le feu nourri d'une compagnie française enterrée dans la tranchée qu'il avait conquise quinze jours plus tôt. Dans cette décharge continue d'éclairs et de poudre qui formait comme un écran de tempête, il sentit soudain comme une masse de plomb lui écraser l'épaule, il porta la main sur son torse trempé de sang, et s'écroula. Quelques-uns de ses hommes, faisant de leur corps un rempart, le ramassèrent et le portèrent à l'abri d'une grange. Quand il reprit connaissance, il se trouvait sur une civière posée à même le sol dans une ambulance. Il avait l'épaule à demi fracassée. Pour la première fois de sa vie, peut-être, il souffrait. Le chirurgien qui passait lui fit donner une double rasade d'eau-de-vie avant de lui extraire la balle, une bille de plomb tirée par une *clarinette de cinq pieds.* Le chirurgien n'y allait pas par quatre chemins ; sous l'effet de la douleur, Jouan faillit s'évanouir à nouveau. Mais, pour être brutal, le praticien n'était pas incompétent : il désinfecta la plaie et la recousit soigneusement. Comme la douleur était atroce, le chirurgien lui mit un bouchon d'éther sous le nez. Quand Jouan reprit conscience, il lui dit : « Vous êtes vernis, mon capitaine. Comme vous êtes costaud, le choc de la balle a causé une belle perte de sang, mais il n'a que mâchuré un peu l'omoplate, fissuré la clavicule et lésé le tendon sus-épineux. Douloureux, mais rien de bien méchant. Je vais vous mettre une petite attelle et, si vous ne faites pas trop le couillon, dans trois semaines, il n'y paraîtra plus. Vous pourrez comme avant tirer au sabre, jouer au reversi ou à la *main chaude*, si vous voyez ce que je veux dire… Je vous fais transporter à l'hôpital de campagne. Mangez de la viande rouge, buvez du bon vin (si ça existe encore), et que Dieu vous garde en joie ! »

Le lecteur a peut-être oublié le sympathique chapelier de Castellane qu'il a rencontré au chapitre II. Or il est temps de repointer notre lorgnette de ce côté-là, car, depuis l'abolition de la monarchie, la tyrannie sanglante de Marat et enfin l'assassinat du roi, notre bon Me Giletta ne se sentait plus du tout à l'aise dans sa petite ville. Il avait dû renoncer à une partie de sa production pour fabriquer en masse, et sur ordre, des tricornes militaires, ce qui l'ennuyait profondément d'un point de vue esthétique et l'irritait plus encore d'un point de vue politique. Et il y avait beau temps que son amabilité naturelle et sa diplomatie ne suffisaient plus à lui assurer la sympathie des édiles et du bas-peuple. Sentant le vent tourner, pressentant même quelque trahison, en cette fin d'octobre 1793, il dit un soir à sa femme :

« Minette, tu m'en vois navré, mais tu vas devoir rester seule quelque temps avec les *pitchouns.* Je me sens espionné, et même sur le point d'être trahi. Je ne voudrais pas que tu te retrouves veuve et les enfants orphelins. Quand on pense au sort du petit Dauphin… Un tour chez nos parents du Comté me paraît nécessaire. Puget-Théniers a été reprise par les Sardes et j'ai des pratiques là-bas. Si ça tournait mal, je pourrais monter à Guillaumes ou descendre chez tes cousins Dauthier. Tu es assez forte pour faire tourner les ateliers et tenir la boutique. Fais comme si de rien n'était. Simplement, va demain à midi déclarer à la police que j'ai disparu et que tu es inquiète. On se moquera peut-être de toi en te racontant que je dois avoir quelque maîtresse. Ne réagis surtout pas. Cela au moins te préservera d'une accusation de complicité.

— Tu as donc déjà tout prévu ? Tu pars cette nuit ? lui dit *Minette* [Marie Antoinette] tout en larmes.

— Oui, mon cœur. Il était plus prudent que je ne te fisse part de rien. Embrasse les enfants et sois sûre que je te reviendrai. »

Ils s'embrassèrent tendrement ; et Giletta disparut dans la nuit.

À force d'avoir servi de relais aux émigrés qui se réfugiaient en Italie, le brave chapelier, tout urbain qu'il était, savait exactement l'itinéraire qui serait le moins exposé aux rencontres déplaisantes. Il prit par Demandolx, Briançonnet, Amirat et Saint-Pierre, en ayant soin de se tenir au large des maisons. Il croisa tout de même des paysans en loques, fatigués de la guerre, et deux soldats français, sales et barbus, qui patrouillaient. Ceux-là l'arrêtèrent.

« Où vas-tu, citoyen ?

— À Malaussène, camarades. Vous venez bien d'en chasser les Sardes, non ?…

— Oui, dit l'autre, et quelle déconfiture pour la Marmotte ! Allez, va ton chemin, citoyen.

— Merci, dit Giletta. Et *La liberté ou la mort !* »

Ce dernier mot suscita l'enthousiasme des deux crétins.

Giletta, lui, pensait : « Quelle honte d'en arriver à mentir de la sorte... » Il n'était pas guerrier, Giletta ; Dieu sait même s'il aurait su empoigner une épée ; mais il croyait en Dieu et il avait de l'honneur. N'eût été l'existence de sa femme et de ses enfants, il n'aurait certes pas joué la comédie et se serait laissé supplicier comme Notre-Seigneur. – Sur son chemin, il entendait parfois au loin des coups de fusil ou de mortier. Il s'en moquait ; il avançait tristement en se demandant quand il reverrait les siens. Lorsque le soir tomba, il sortit de sa besace du pain, du jambon et une flasque de vin. Il dormit à la belle étoile. Au matin, quand il repartit, le soleil brûlait avec une ardeur d'été dans le ciel bleu. À mesure qu'il avançait, les feux pourpres des sumacs se multipliaient, on aurait dit des incendies sans flammes ; les rocs herbus se faisaient plus purs, plus friables ; le tuf blanchissait dans les lits des petits torrents. Puis à Saint-Pierre, ce furent des prairies presque grasses, des pâturages, des bois bien noirs, des collines tendres comme des seins de femme. Il vit au loin sur la droite le château rose des marquis de La Penne, avec sa longue allée de platanes gris. Il fallut descendre enfin les pentes raides vers Puget.

La ville libérée par Jouan et les Sainte-Marguerite avait été reprise en août 93 par les grenadiers des Hautes-Alpes, puis reconquise un mois plus tard par le major Belmond, qui avait eu la joie de voir les *libérateurs* français détaler comme des lapins. Quand Giletta y arriva, Puget était occupé par sept cents hommes de l'armée sarde. Le bourg était calme, rassurant malgré la précarité de la situation militaire. – Giletta chercha d'abord une auberge, où il dormit avec bonheur jusqu'au petit matin ; puis il fit le tour de trois boutiques dont il était le fournisseur : bien que la ville ait été rançonnée plusieurs fois, il put récupérer une partie de ses créances. Enfin, il s'attabla dans un débit de vin que couvrait une jolie vigne jaunissante d'où pendaient les derniers raisins, et il ouvrit les oreilles. Deux types, mi-bourgeois mi-paysans aisés, parlaient sans se soucier de sa présence.

« Il paraît que le major Belmond est mort…

— Où ça, dis donc ?...

— Blessé à Gilette le mois dernier, et mort à Vence à ce qu'on dit.

— Ils n'ont pas de chance, nos héros… dit l'autre. Sais-tu que le capitaine Dauthier s'est fait fracasser l'épaule à Gilette lui aussi, voilà dix jours. Ces buses d'Autrichiens font tuer nos meilleurs hommes… »

Giletta sursauta : « Pardon, Messieurs, dit-il, mais je vous ai entendu parler du capitaine Dauthier ? S'agit-il du fils de Jean-César Dauthier ? Je croyais qu'il était lieutenant…

— C'est lui. Après qu'il nous a libérés avec ces MM. de Sainte-Marguerite, le roi l'a fait capitaine. C'est un fameux garçon, et pas fier avec ça.

— C'est un cousin de ma femme, dit Giletta. Savez-vous où je puis le trouver ?

— Je l'ignore, dit l'autre, mais, d'après ce que je sais, il n'a pas été fait prisonnier. Et si, comme on le dit, le Teuton a déplacé son quartier général de Revest à Villars, qui est un bourg autrement plus gros, l'hôpital de campagne doit être là-bas. S'il n'y est pas, c'est qu'il est à Clans ou à Saorge… De toute façon, évitez la rive droite du Var, elle est infestée de sans-culottes.

Giletta, un peu ému, remercia les deux hommes, et finit pensivement son verre. C'était la Providence qui l'avait conduit là.

Dès le lendemain, il se mit en marche vers Touët. Notre chapelier n'était pas un marcheur. Il lui fallut bien trois heures et force suées pour arriver à ce village bâti sur le flanc du Var. Après une pause et un petit somme, il se remit en marche vers Villars. Il arriva le soir. Le ciel se plombait d'ombres brunes quand les cimes de l'autre rive éclataient encore de foudroiements dorés. Le bon Giletta, accoutumé aux petites promenades urbaines et aux gigots mitonnés par Marie-Antoinette, commençait à comprendre les souffrances de l'émigration et des voyages à pied ; il pensait à sa femme et à ses enfants. En le voyant, les sentinelles le laissèrent passer sans difficulté ; il se jeta dans un lit de paille et crut dormir sans rêves. – Au matin, il vit que le village était en proie à une sorte de fièvre. Outre la marmaille, les poules et les bourricots, les rues regorgeaient d'uniformes, de sabres, de moustaches et de canons aussi. Il aperçut sous le château les sentinelles blanches et les étendards armoriés du quartier-général. Il demanda à une vieille lavandière qui descendait vers le lavoir le chemin de l'hôpital.

« L'hôpital de charité, lui dit-elle, ou l'hôpital de campagne ?…

— L'hôpital de campagne, ma bonne dame.

— Ils l'ont mis dans l'église, Monsieur. L'église Saint-Jean-Baptiste. L'église, quoi. »

Giletta y courut. On avait débarrassé la nef et transformé les bancs en lits de fortune. On en avait scié plusieurs et on les avait accouplés pour qu'ils soient plus larges. Deux autres, décapités de leur dossier, devaient servir de tables d'opération, car on y voyait des langes sanglants. Il régnait une odeur écœurante, un mélange de sang, de sueur, de pourriture et d'éther. Certains blessés gémissaient, d'autres dormaient, les moins mal en point jouaient aux cartes. Un prêtre passait donner l'extrême-onction aux mourants. Giletta eut froid dans le dos. Il demanda au planton le capitaine Dauthier. « Il est là-bas, dans le chœur », lui dit l'autre. Il y courut.

Jouan n'avait pas l'air trop mal. Il avait demandé un paravent pour s'isoler un peu et pouvoir rêver. Giletta s'approcha :

« Vous êtes le capitaine Dauthier ?…

— En effet…

— Je suis Giletta, le mari de votre cousine Marie-Antoinette Collomp.

— Ah, ça !» dit Jouan. «Je suis bien aise de vous voir.

— Moi aussi, dit Giletta, surtout que vous me semblez sauvé.

— Oui, dit Jouan, je suis encore un peu faible mais je ne désespère pas de retrouver l'usage de mon épaule. Mais dites-moi, que faites-vous donc là ? Et comment se porte ma cousine ?

— Marie-Antoinette et les enfants vont bien, Dieu soit loué. Moi, en revanche, j'ai dû filer. La France est tombée dans les mains d'une poignée de gens assoiffés de sang. On veut nous imposer la liberté : beau paradoxe, non ? Et pour établir l'égalité, on finira par nous allonger tous sur le lit de Procuste. Le moindre maire se prend pour Caton ou Brutus et s'imagine sauver le *peuple* du despotisme des *tyrans* ; en vérité, on guillotine n'importe qui pour n'importe quoi. Et comme je suis connu pour mes opinions *modérées* (et quelques activités charitables), j'ai cru préférable de passer la frontière.

— Malheureux ! lui dit Jouan. Mais on va coucher votre nom sur la liste des émigrés ! Rentrez, rentrez au plus tôt ! Croyez-m'en (il baissa la voix), j'ai travaillé dans la police secrète. Dès que vous serez à Castellane, allez voir le maire, le commissaire et autres guignols : racontez que, troublé par votre situation financière, vous avez perdu la tête et oublié de demander un passeport, et que vous êtes allé à Entrevaux et à Puget recouvrer des créances.

— C'est un peu la vérité…

— Parfait ! Alors cessez tout à fait d'aller à la messe (vous prierez en famille) ; portez la cocarde ; inscrivez-vous dans un club ; faites quelques grandes déclarations patriotiques, et réclamez un certificat de civisme ! Dissimulez, mon cher, dissimulez. Si cet orage passe enfin, vous recouvrerez votre liberté ; et s'il ne passe pas, vous apprendrez à vivre dans des sortes de catacombes. Quoi de plus chrétien ?…

— Cela est vrai… dit Giletta pensif.

— Croyez-moi. Rentrez en France, et sans vous cacher !

— Je vais suivre votre conseil, c'est promis.

— Embrassons-nous, Giletta, et rentrez vite prendre soin de ma cousine et des enfants. »

XVI
Le grand retour. – Désolation et consolation

«Au milieu de vos admirateurs, au sein de vos triomphes dans les capitales d'Italie, vous serez bien surprise, ma belle amie, de recevoir ces lignes d'un revenant. Malgré vos amoureuses objurgations, j'ai été blessé trois fois, et je vous écris aujourd'hui le dos bien calé, l'épaule attelée, et veillant à ce que ma main ne dérange pas le parfait angle droit que doit dessiner mon bras sur l'abattant de l'écritoire. N'allez pas croire, je vous en prie, que votre petit amant de Nice veuille vous adresser le moindre reproche pour le long silence où vous l'avez laissé. J'ai bien souffert, il est vrai, même si l'exercice de la guerre a un peu étouffé mon chagrin. Tout autre que moi, je crois, se lamenterait sans doute, ou tenterait d'émouvoir un cœur qu'il ne manquerait pas de dire *de pierre*. C'est pourtant tout l'opposé que je voudrais vous exprimer. Et d'abord je bénis Dieu que M. Cortesi, que je crus être mon *rival*, ait croisé un jour votre chemin et continue de veiller sur votre si gracieuse personne. Sans lui, peut-être, ma destinée eût été différente, et je tremblerais aujourd'hui pour vous à chaque instant. Grâce à lui, je vous sais à l'abri de tout. Il faut ensuite, et sans plus de retard, que je vous rende grâce, non seulement de l'amour que vous avez éprouvé pour moi (je ne saurais en douter, même si je m'étonne encore d'en avoir été l'objet) et des sentiments passionnés que vous m'avez fait éprouver pour vous, mais encore de tout ce que vous m'avez enseigné, parfois même à votre insu. Croyez-vous qu'un petit campagnard comme je l'étais eût pu découvrir cela par lui-même ? Nos amours ne sont pas moins ardentes que celles des citadins, mais elles sont plus franches et bien moins sujettes à ces excès auxquels vous m'initiâtes. Possible que ces crises fassent durer l'amour, mais nos paysans s'en passent fort bien et s'aiment plus longuement. Toutefois ne vous méprenez pas : je ne suis pas en train de vous conter que j'ai cessé de vous aimer ; vous serez toujours l'être le plus adorable dont j'ai jamais rêvé. C'est vous, ma belle amie, qui m'avez rejeté dans les ténèbres d'où votre apparition m'avait sorti. Mais de cela aussi je vous suis reconnaissant, puisque la vie n'est pas tout à fait un théâtre et qu'il faut bien tôt ou tard que nous quittions la scène, de gré ou de force. – Vous voyez, ma belle âme, quelle est ma dette envers vous, et vous comprendrez mieux ainsi le souci que j'avais de vous écrire après tous ces mois de silence. – À cette trop longue lettre, il ne me reste plus qu'à ajouter une dernière prière : ne me répondez pas ! – Je vous baise tendrement les mains. Et que Dieu vous garde toujours. Votre J. F. D. »

Cette lettre, en effet, avait coûté beaucoup d'efforts à Jouan, qui, entre-temps, s'était fait transporter de l'hôpital à l'auberge de Villars. Il l'avait longuement retournée dans sa tête et l'avait corrigée en bien des endroits avant de la rédiger. Il lui fallait maintenant en écrire une autre, plus brève mais non moins importante.

« Monsieur le comte,

Comme Votre Excellence l'a sans doute appris par le capitaine Pian, j'ai été blessé à la désastreuse action de Gilette, et ce n'est qu'aujourd'hui que je puis prendre la plume pour vous écrire et solliciter de votre haute bienveillance la permission de prendre un congé de deux semaines. La rive gauche de l'Esteron est pleine d'hommes ; la rive droite est déjà occupée ; je ne sais ce qu'il en est du Var, mais je crains le pire ; et je ne cache pas à Votre Excellence l'inquiétude qui m'assaille à la pensée de mon vieux père. N'étant pas en mesure de reprendre les armes avant quinze jours, j'ose espérer que Votre Excellence m'accordera cette faveur, dont par avance je lui rends grâce. Je vous prie d'agréer, M. le comte, etc. – Dauthier. »

Jouan cacheta la lettre, repoussa l'écritoire et se laissa enfin retomber dans les coussins. Quoiqu'elle le fît encore souffrir, il s'était bien remis de sa blessure, mais il se sentait las, terriblement las, comme après un effort qui requiert plus encore de détermination morale que de force physique. Il n'y avait pas de sonnette dans la chambre. Il se leva un peu péniblement et, par l'escalier, appela la servante. Celle-ci monta quatre à quatre pour répondre au beau jeune capitaine qui lui faisait un peu battre le cœur. Elle aurait bien aimé qu'il eût plus d'audace avec elle, mais, bien qu'elle ne fût pas laide, Jouan avait, si l'on ose dire, d'autres chats à fouetter. On cultivait sur les pentes du Var un petit vin rouge qui fleurait bon, Dieu sait comment, le poivre et le gingembre. Il s'en fit servir un pichet, qu'il but seul, moitié content moitié mélancolique, en regardant les pentes des Collettes et du mont Brune qui s'enténébraient au-dessus du fleuve où pétillait l'argent vif des derniers rayons du jour.

Trois jours plus tard, une estafette vint remettre à l'auberge une missive cachetée aux armes des Thaon de Revel : « Mon cher Dauthier, prenez vos quinze jours et reposez-vous. Que Dieu garde les vôtres comme il garde notre roi. Saint-André. » Jouan n'avait pas douté de la réponse du général, mais il se sentit brusquement plus léger. Il ne portait plus son attelle, mais un bandage bien large et bien noué ; ses mouvements étaient plus libres, plus vifs déjà. Il fit son paquetage et se prépara à partir dès le lendemain. Il choisit de louer une petite mule, un peu rétive mais bien membrée, qui répondait au nom de Finette, car elle ne manquait pas d'esprit. Il la monterait le moins possible, mais elle serait bien utile. Et il partit. À pied ; en d'autres temps, il aurait mis moins de sept heures pour rejoindre son village. Il lui fallut trois jours. Passer le Var ne fut pas trop pénible, l'hiver s'annonçait, le niveau des eaux avait baissé. Finette glissait sur les galets, mais avec élégance et assez de prestesse. Il la caressa, l'encouragea. Et il attaqua les flancs du mont Brune. Pour grimper, il descendit de sa monture. Il prenait garde à son épaule, ne pensant qu'à retrouver l'usage de toute l'extension de son bras. Finette portait le paquetage et les vivres ; les pins sentaient fort sous le vent vif qui, par vagues, s'enfilait entre des blocs de pierre flanqués au-dessus du vide ou dans les couloirs d'arbres qui bordaient la sente. Jouan voyait à main gauche la cime des Collettes s'éloigner, et les pins se dresser plus noirs et plus denses au-dessus de lui. Au fond de la vallée, le fleuve avec ses gravières avait une couleur d'étain. Le jeune homme était parti un peu tard, il est vrai, mais c'était surtout les ménagements extrêmes qu'il avait pour son épaule qui lui firent perdre beaucoup de temps. Le soir tombait quand il arriva à la petite chapelle de Notre-Dame de la Baume, où il fit d'abord ses dévotions. Bien protégée au nord par le gros roc dans lequel elle était creusée, son esplanade dégageant une vue sur tout le val de Chanan, il en fit son auberge pour la nuit. Il n'avait croisé personne jusque-là, pas même un paysan, et il se permit même de faire un petit feu, sous son auvent, pour y réchauffer du café. Puis, les cendres une fois dispersées, il regarda les brillantes constellations de ce ciel d'automne et cette nuée immense qui semblait charrier tant de mondes blancs et fragiles au milieu de l'infini. La terre sous ses pieds était belle aussi, et il l'aimait, mais elle était si pleine de périls depuis que la guerre avait éclaté… Jusque-là, depuis Villars, il avait pu se croire en sécurité, mais en descendant maintenant vers le sud, il ne savait plus à quoi s'attendre. Jusqu'où étaient arrivés les Français? Quand il était parti, les Croates étaient encore à Tourette, mais qu'en était-il de Pierrefeu, de Cuébris, de La Roque? Il s'endormit dans sa houppelande, la tête posée sur son baluchon.

Dès l'aube, il roula son paquetage, enfonça son chapeau jusqu'aux yeux, ses pistolets dans sa taillole, et s'assura qu'il avait sa dague à portée de main. Il sella Finette, mais, toujours à pied, se mit en marche comme un chasseur à l'affût. Du côté de l'Italie, l'aurore verdissait comme une pièce de drap soyeux qu'une invisible main aurait déroulée le long des montagnes noires. Qu'il était beau, son pays ensanglanté! Que la terre sentait bon, comme une femme qui revient toute fraîche de la fontaine en temps de paix. Par prudence, il descendit vers la Tête du Puy: à gauche, la forêt de la Cainée était paisible, on n'y entendait que des brefs chants d'oiseaux, de brusques envols, et le silence craquant des arbres. De l'autre côté, plus découvert, il vit monter avec étonnement quelques fumerolles. Là-bas, c'était Saint-Antonin et Ascros. Soudain, au détour d'une roubine un peu tortue, il aperçut des bicornes noirs et des pantalons bleus et rouges. Des Français. Ils patrouillaient, ou chassaient le perdreau, qui sait? Ils avaient l'air d'être en pays conquis. Jouan planqua Finette derrière un bouquet d'yeuses, s'aplatit et observa la patrouille. Les types moustachus rigolaient un peu trop; dans une de leurs musettes, on voyait saillir le col d'une grosse fiasque. Déjà ivres à cette heure!... pensa Jouan. Il se coula entre les rochers, prit la mule par la bride et la calma avec de petits mots doux. Du reste, les trois soldats semblaient s'être lassés de grimper et redescendaient maintenant vers Pierrefeu. Il en vit même un qui, trébuchant sur une pierre, laissait tomber son fusil sous les quolibets des deux autres. Le type maugréa, cracha un bon coup et ramassa son arme. Jouan décida de contourner Cuébris et La Roque. D'ailleurs, avec sa bourgeoisie notariale, ce dernier village était connu pour être plutôt francophile. Il dormit sa seconde nuit sous les ruines d'une vieille maison, demi-ferme demi-forteresse, que ne visitaient guère que les chevreuils, les lièvres et les mulots. Il dormit du *sommeil du juste* – mais ne se réveilla pas moins méfiant que la veille. Le ciel était paisible. À l'ouest, on voyait monter et se perdre dans le ciel matinal quelques fumées lointaines. On était le 9 novembre.

Il redescendit en direction de la Traverse et Notre-Dame d'Entrevignes, mais, en prenant bien garde d'éviter la route muletière, chemin tout désigné pour des troupes. Il resta sur les pentes nord du mont Long. La chapelle si pure, si hospitalière, sur les murs de laquelle, depuis des siècles, la Vierge enceinte attendait la naissance du Messie, la chapelle, au parvis souillé, semblait aujourd'hui bien triste. Le temps était pur, le ciel très clair, presque blanc déjà, mais, à l'ouest, Jouan vit comme un nuage obscur qui s'élevait et souillait le bleu léger qui couronnait au sud le grand massif du Cheiron. Une soudaine inquiétude, un froid mortel le saisit. Il fouetta Finette avec une branche de tilleul qu'il avait arrachée dans sa marche et accéléra le pas, dégringola vers la route, et, sans plus de précautions, sauta sur le dos de la mule, et la pressa des talons. Au même moment, il entendit des coups de feu de l'autre côté de la vallée : c'était, à La Roque, de joyeuses mousquetades qu'on tirait en l'air. Il reporta les yeux sur son village. Une fumée pleine de suie montait dans l'air, et les bois du château haut grésillaient comme un vulgaire buisson de thym dans le maquis.

Le village brûlait. Il finissait de brûler. Disparues, écroulées, les puissantes murailles du château bas, les tours de garde, les portes de la ville. Et les fermes alentour, les olivettes aussi, les champs brûlaient. Les sans-culottes avaient filé, rassasiés de leurs pillages. Quand il entra dans le village, Jouan vit des cadavres de miliciens, des murs abattus, des débris de meubles, des ordures, du sang. Il rencontra presque aussitôt le notaire public et M. Barlet, qui se précipitaient à sa rencontre.

« Ah, mon pauvre, mon pauvre ami… » Comme sidérés, tous les deux ne cessaient de répéter les mêmes mots les larmes aux yeux, n'arrivant pas à en dire davantage. Et ils redisaient « Pauvre, pauvre ami… », comme si cette plainte était un cri commun, dans lequel ils se sentaient compris. À ce moment-là, le caporal de la garde dévala et se jeta au pied de Jouan : « Ah, mon capitaine, nous ne pouvions rien faire devant ces sauvages ! M. votre père est monté avec moi et quelques miliciens au château pour tirer le mortier et fusiller les assaillants qui grimpaient comme des *tarentes* le long des murailles. C'était le 2e Volontaires de Lozère. M. de Saint-Antonin, qui commandait la milice, s'est bien battu de son côté, mais, ils ont attaqué de nuit, et nous avons eu le dessous. Et M. votre père… M. votre père est tombé, frappé en plein cœur… Nous l'avons porté chez vous. » Jouan y courut. Les servantes pleuraient ; Pascalin, les yeux rouges, se tordait les mains. Sur le lit de repos où il l'avait vu pour la dernière fois, M. Dauthier reposait. On avait jeté un grand fichu noir sur son corps pour cacher la blessure et le sang qui avait giclé sur la jaquette. Et on lui avait fermé les yeux. Il semblait calme. Jouan renvoya les domestiques, s'agenouilla et, tout bas, il s'entretint avec l'âme de son père. Puis il dit le *De profundis*, se releva pesamment et s'en alla chercher un prêtre.

Depuis la mort du Vicaire, l'église n'avait plus de desservant ; on attendait la nomination d'un bénéficiaire, mais la guerre avait tout chamboulé ; les deux derniers diacres étaient partis pour Clans où ils devaient finir leur théologie ; et le *secondaire* (peut être circonvenu par quelque prêtre français assermenté) avait filé Dieu sait où. Il ne restait plus que le chapelain de l'Hospice de charité, le R. P. Bernard. Le bon prêtre se chargea de la messe et les quatre derniers pénitents du village portèrent le corps jusqu'au cimetière. Jouan était revenu dans la grande maison vide, et s'était laissé tomber dans un fauteuil devant la fenêtre, quand on frappa à la porte. Nanette se jeta dans ses bras. Elle pleurait de tristesse pour lui et un peu de bonheur pour elle. Elle lui dit : « J'ai trouvé ta mule à la porte de La Roque ; j'ai reconnu ta houppelande et ton baluchon ; j'ai ramené la mule à l'écurie. » Ils allèrent la nourrir et lui donner à boire. Elle l'avait conduit vers un bien triste destin, cette mule, mais c'était une bonne bête, fidèle et, pour finir, obéissante ; il la garderait, c'était sûr. – Là-dessus, M. Barlet, qui cherchait notre héros, tomba sur les deux jeunes gens ; il eut un petit sourire, tandis que Nanette bafouillait à propos de la mule et du baluchon.

« Il n'importe, il n'importe », dit son père, et se tournant vers Jouan : « M. Dauthier, dit-il, nous allons tous nous réunir à la Maison commune pour décider des mesures à prendre ; on n'attend que vous. »

Il y avait déjà là le consul, le bailli, le notaire collégié et le notaire public, l'aubergiste, le Père Bernard, le prieur de la confrérie, le caporal et tous les chefs de famille du village. Le consul dit: « Avant toute chose, saluons M. Dauthier pour son élévation dans l'armée du roi et pour la mémoire de M. son père, mort pour notre liberté. Cela dit, les trois sans-culottes qui sont restés dans le village attendent notre réponse, et la question est brûlante. Ce criminel de commandant français exige, pour prix de notre résistance, une contribution de guerre de 15 000 livres! Les plus riches possédants de la commune ont pu en réunir 6 000. Restent 9 000 livres à trouver. Je ne vois qu'une solution: l'emprunt. Envoyons au plus tôt des piétons à la communauté juive de Puget et à Nice chez nos créanciers habituels. En attendant, donnons déjà ce que nous avons réuni et signons une reconnaissance de dettes pour être débarrassés le plus tôt possible de ces soudards. – Il faudra enfin, non seulement répartir cette charge sur la commune et ses habitants, mais surtout songer à panser les plaies de notre village. Que les pénitents, sous la conduite du R. P. Bernard, enterrent les morts, et que M. Barlet veuille bien prodiguer gratuitement ses soins aux blessés. C'est un début. Il faut ensuite, et c'est le plus important, arrêter les feux dans les planches d'oliviers… »

Réquisitionnés tantôt par les armées du roi, tantôt par les sans-culottes, les villageois n'avaient plus rien dans leurs greniers et moins encore dans leurs étables. Il ne restait pas même un pourceau. Les paysannes en étaient arrivées à cacher leurs poules et leurs salaisons dans les endroits les plus invraisemblables pour les sauver de la soldatesque. Le bailli suggéra de rouvrir le mont granatique et de prêter sans intérêt aux plus pauvres. C'était une belle idée, mais il fallait encore mettre la main à la poche. Un des ménagers ajouta qu'il fallait absolument retrouver des ouvriers, puisque la plupart avaient disparu avec la guerre. « Mais où les trouver ?... », ajouta-t-il. – La discussion se poursuivit tard et s'acheva – campagne oblige – par un verre : on mit en perce la dernière barrique de vin de Provence qui avait échappé aux Volontaires et tout juste si le *parlement* ne se dispersa pas en chantant.

Ils en avaient bien besoin, les malheureux. Tout allait changer de fond en comble, et nul ne savait comment.

Jouan était monté vers le château et s'était assis dans l'herbe ; il regardait les fumerolles monter des granges incendiées, les remparts crevés, les éboulis de pierre, et, là-bas, la porte romane qui ne perçait désormais rien d'autre qu'un mur inutile et vain. Quelques cultivateurs, réduits à la misère, remontaient de leurs restanques brûlées, les bragues déchirées, la bêche sur l'épaule, l'air bien las, et sans même la petite gourde de vin qui rend les choses plus légères. On n'entendait pas de cris d'enfants, de sonnailles, d'aboiements. À peine, de temps à autre, le braiement d'un ânon, trop jeune pour que les soldats aient pensé à l'emporter. Il régnait ce silence stupide, cette désolation que Jouan avait observée durant la guerre dans les villages dévastés. Mais, cette fois, c'était chez lui, et – il en avait honte – cela changeait tout. Il descendit pensivement vers la rivière, en se dirigeant vers Fontgaillarde. Il ne s'étonna pas de trouver le beau vivier pillé et détruit; sur des braises encore chaudes, on voyait éparpillés des squelettes de perches et de truites, et des chats faméliques qui reniflaient prudemment ces restes. Les soldats s'en étaient donné à cœur joie, ils avaient bouffé à leur faim et puis détruit pour le plaisir: si les pieux d'angle tenaient encore debout, les jeux de portes et tout le beau tricotage de joncs et de roseaux avaient été arrachés. Jouan s'assit à croupetons sur la rive, accablé. L'eau, pourtant claire, charriait toutes sortes de saloperies. Un peu en amont, retenu par une branche basse et quelques pierres formant barrage, il aperçut le cadavre d'un soldat qui commençait à pourrir. Il se leva, s'approcha, respira un grand coup et attrapa le cadavre par les bras. C'était un type grand, et lourd; il est vrai, se dit Jouan, que les morts sont toujours plus lourds que les vivants. Il eut du mal à l'arracher aux pierres et aux branchages. De toutes ses forces, il le tira sur la rive, puis plus haut, sous les yeuses, à trente mètres au moins du cours d'eau. Le type avait encore face humaine, et cette face n'était pas antipathique. Il était sale, le poil dru sur les joues, les ongles noirs, et le gilet inondé de sang brunâtre ; mais ses yeux bleus, encore ouverts, et son front étaient presque innocents. Jouan le retourna : le soldat avait reçu par-derrière trois coups de poignard qui lui avaient défoncé le thorax et le cœur. Action de barbet. Jouan sortit le grand coutelas qu'il portait toujours avec lui dans les champs. Il creusa la terre ; de la lame et des mains, il creusa, creusa profond, il suait, il s'essuyait le front ; enfin il s'arrêta et fit rouler le cadavre dans la fosse. C'est à ce moment-là que lui revint cette pensée enfantine, saugrenue et poignante, qui l'avait traversé lorsque les pénitents avaient descendu le cercueil de son père dans le caveau ; il avait pensé : « Comme il va avoir froid là-dedans… » – Il combla la fosse de terre. Il éleva un petit monticule de pierres et se dit qu'il reviendrait y planter une croix.

Il remonta chez lui. La maison n'avait pas trop souffert de la bataille. Il y avait des traces de balles dans les murs, des carreaux cassés et la génoise était sérieusement ébréchée ; mais enfin elle n'avait pas été incendiée. À l'intérieur, les soudards avaient pris ce que prennent les soldats : l'argenterie, les étains, les bijoux de sa mère – bien mal cachés, il faut le dire, dans une commode. Le grand buffet à double corps de la salle commune avait été renversé et toute la vaisselle était fracassée, y compris le beau vieux service de Moustiers. Deux ou trois fauteuils avaient été crevés à coups de sabre. Mais, au total, ç'aurait pu être bien pire.

Jouan alla chercher Nanette et l'invita à boire un verre de vin dans le jardin. Il était si triste et il y avait si longtemps qu'il n'avait pas contemplé un joli visage. Et surtout il s'inquiétait de ce que les soudards avaient bien pu commettre.

« Dis-moi, Nanette, dis-moi, si ce n'est pas trop dur, comment s'est passée la mise à sac du village.

— Je n'ai rien vu, tu sais. Mon père, par peur de la violence des soldats, m'avait cachée dans une soupente. Et comme ils avaient besoin de lui pour panser leurs blessés, ils ont respecté la maison. J'ai entendu beaucoup de bruit, de détonations, de cris, mais je n'ai rien vu. J'ai eu bien peur en pensant aux autres femmes, à l'épouse de ton cousin Louis qui est si jolie, à mes petites-cousines… Mais il paraît que le capitaine de Saint-Antonin, lorsqu'il s'est rendu, a réussi à arracher au commandant français la promesse que les personnes ne seraient pas molestées…

— Bien, dit Jouan, Dieu au moins nous aura épargné le pire. Remercions-le. » Et il eut cette pensée, bien digne de son époque, que le village devait peut-être cette grâce à la discipline que lui-même avait toujours imposée à ses hommes.

Alors, tandis que Nanette l'attendait, rêvant sur un tapis de petites centaurées tardives, il alla chercher son écritoire. Il n'eut pas à chercher ses mots. La page finie, il la plia soigneusement, la cacheta de ses armes, et écrivit : *À Son Excellence le général comte de Saint-André, à son quartier général à Belvédère.*

Puis il se tourna vers Nanette, lui prit tendrement la main, et lui dit :

« Marions-nous, Nanette, et repeuplons ce pays dévasté… »

NOTE

En 1990, tenu par un contrat que j'avais signé avec Grasset pour un nouveau livre, je bâclai à la hâte un roman intitulé *La Lunette de Stendhal.* Au cours des ans, de plus en plus irrité et même honteux du ratage manifeste de cette fiction, du pathos des situations et de la phrase, j'éprouvai le violent désir de reprendre l'histoire de mes héros et d'entièrement la récrire. *Le Jeune Homme à la mule*, écrit en deux mois, est le fruit de ce travail ; les quelques lecteurs qui connaissent un peu mon œuvre ne s'étonneront donc pas d'y retrouver Jouan et ses acolytes, mais conduits cette fois-ci jusqu'au bout de leur destinée romanesque.

M. O.

TABLE

(Suite de la page 4)

Emblématique

Le Livre des devises, Seuil, Paris, 2009.

Dictionnaire raisonné des devises, tome I, en collaboration avec Alban Pérès, éditions ARCADÈS AMBO, Paris-Nice, 2017.

Armorial des poèmes chevaleresques de la cour de Ferrare, en collaboration avec Alban Pérès, éditions ARCADÈS AMBO, Paris-Nice, 2018.

Dictionnaire raisonné des devises, tome II, en collaboration avec Alban Pérès, éditions ARCADÈS AMBO, Paris-Nice : à paraître en 2020.

Poésie

Le théâtre des nues, L'Alphée, Paris, 1981.

Les Liens, L'Alphée, Paris, 1982.

Élégie, suivi de Parva Domus, La Dogana, Genève, 1984.

Destin, Le Temps qu'il fait, Cognac, 1987.

Odor di femina, Le Temps qu'il fait, Cognac, 1989.

Ô nuit pour moi si claire… (cahier de traduction), La Dogana, Genève, 2016.

Traductions

Giacomo Leopardi, *Les Chants*, L'Âge d'Homme, Lausanne, 1982.

Ugo Foscolo, *Les Tombeaux et autres poèmes*, Villa Médicis, Rome, 1982.

Ugo Foscolo, *Le sixième tome du moi*, L'Alphée, Paris, 1984.

Giacomo Leopardi, *Dix petites pièces philosophiques*, Le temps qu'il fait, Cognac, 1985 ; 3e édition : 2010.

Giacomo Leopardi, *Poèmes et fragments*, La Dogana, Genève, 1987.

(Suite page suivante)

(Suite de la page précédente)

Ugo Foscolo, *L'Ultime Déesse*, La Différence, Paris, 1989

Michel-Ange, *Poésies,* Imprimerie Nationale, Paris, 1993.

Lorenzo Da Ponte, *Trois livrets pour Mozart*, préface de Jean Starobinski, GF, Paris, 1994.

Giacomo Leopardi, *Chants / Canti* (édition bilingue), Aubier, Paris, 1995 ; GF, Paris, 2005.

L'Arioste, *Roland furieux* (2 vol.), Seuil, Paris, 2000 ; à paraître en « Points Seuil » en 2020.

Le Tasse, *Rimes et plaintes*, Fayard, Paris, 2002.

Le Tasse, *Jérusalem libérée*, Gallimard « Folio », Paris, 2002.

Sourates et fragments du Coran, en collaboration avec Mohammed Aït Laâmim, La Bibliothèque, Paris, 2009.

Le Tasse, *Le Messager*, préface de Frank La Brasca, Verdier, Paris, 2012.

Gabriele D'Annunzio, *La Beffa di Buccari. Un pied de nez aux Autrichiens, 11 février 1918,* La Bibliothèque, Paris, 2014.

Giacomo Leopardi, *Copernic* (dialogue), éditions ARCADÈS AMBO, 2015.

Dante Alighieri, *La Divine Comédie, L'Enfer* (édition bilingue), La Dogana, Genève, 2019.